天一亮，就想見到你

夜が明けたら、いちばんに君に会いにいく

Yoru Ga Aketara
Ichiban Ni Kimi Ni Ainiik

汐見夏衛

王蘊潔・譯

目次

深惡痛絕

升上高二後第二次換座位。

抽完籤，才剛帶著一絲期待的心情在新的座位坐下。

我的眼角瞄到一個男生懶洋洋地在我旁邊的座位坐下，不禁皺起眉頭，在心裡咒罵：「呃，真倒楣！」

真的是下下籤。我太衰了。作夢都沒有想到竟然會坐在那個傢伙旁邊。

我心灰意冷，右手把口罩往上拉。那傢伙根本不理會我的絕望，一臉神清氣爽，一如往常地看著窗外。

「喔，原來是青磁坐在我後面。」

我聽到坐在他前面的男生轉過頭開心地說。我忍不住聳聳肩。坐在這種人渣附近，到底有什麼好高興的？

「喔，亮太，請多指教嘍。」

嬉皮笑臉回答的這個人名叫深川青磁。

他是我在世界上最深惡痛絕的人。

想到接下來的這段時間，每天在學校期間都會看到他的臉，聽到他的聲音，心情就很沉重，忍不住想要嘆氣，但我拚命忍住。

想到未來的日子，心情越來越沮喪。這時察覺有人站在和青磁相反方向的右側。

「哇，我坐在茜附近，太高興了。」

今年同班之後，不時會一起聊天的沙耶香親切笑著對我說。

我摸著口罩的掛繩，露出笑容回答說：

「哇，好開心，請多指教。」

說話的聲音在口罩中聽起來很模糊，隨即消失了。

「啊，青磁坐在妳旁邊，一定會很吵。」

沙耶香發現青磁坐在我的左側後說道。雖然她嘴上說「一定會很吵」，但聲音中難掩興奮。

連沙耶香也被他騙了。雖然我內心很不高興，但完全沒有把內心的不悅寫在臉上，只是笑笑說：「就是啊。」

「咦？妳們在說我嗎？」

左側突然傳來聲音。

光是聽到他轉過頭說話的聲音，我的心臟就好像警鐘敲響般用力跳了起來。

我在口罩下悄悄深呼吸，然後緩緩轉過頭。臉上當然擠出笑容，但一時說不出話，愣在那裡。

「啊，被你聽到了？」沙耶香的聲音中帶著笑意問道。

「當然聽到了啊，白痴喔。」青磁說。

我必須說幾句話，否則別人會覺得我很奇怪。

我越想越著急，不加思索地脫口說道：

「……我們在說，你坐在旁邊會很吵。」

雖然總算擠出一句話，但內心感到很不安，不知道聽起來會不會很不自然。

青磁原本看著沙耶香的視線移過來，一雙細長的眼睛看著我。我們四目相對。

他寧靜的雙眸中完全感受不到任何感情。

透明的眼眸好像玻璃珠子。

不可思議的是，我總覺得他好像在責備我。

我感到渾身不自在，意識到努力擠出笑容的嘴巴歪斜起來，發自內心慶幸自己戴著口罩。

然後，忍不住移開視線。

耳邊傳來毫不掩飾內心不悅的冰冷聲音。

「少囉嗦。」

「我也不想坐在妳旁邊，只要看到妳，心情就很惡劣。」

空氣頓時凝結。

青磁旁若無人地大聲說這些話，即使在大家為剛換座位興奮不已的教室內，可以清楚聽到他的說話聲，班上幾乎所有人都應該聽到了。

噗通。我的心臟發出不祥的聲音。

體感溫度迅速上升。心跳加速。額頭慢慢滲汗。

我用盡全力繃緊神經，讓別人無論從我的表情和動作中都無法察覺這些變化。

「啊喲！」沙耶香聽到青磁的話，陷入短暫沉默，突然用開朗的聲音叫道，「青磁，你又說這種話！坐在茜旁邊明明很高興，你是不是害羞了？啊哈哈。」

沙耶香覺得很好笑地開始笑，亮太也發出笑聲，努力維持沙耶香營造的氣氛。

「因為青磁是個幼稚鬼，坐在女生旁邊會覺得難為情。」

亮太語帶調侃地說著，拍拍青磁的肩膀。青磁生氣地皺起眉頭說：

「啊？怎麼可能有這種事？我怎麼可能害羞或是難為情？」

沙耶香和亮太營造的氣氛頓時又恢復成原本的緊張態勢。不知道青磁有沒有察覺氣氛的變化，他直視著我。

正午過後的明亮陽光從窗戶照了進來，青磁背對著陽光，狠狠瞪著我，我感到很有壓力。

我把口罩往上拉，準備迎接即將面臨的衝擊。

「我是真的很討厭她，」他一臉嚴肅地說著，用食指指著我說：「我討厭看到茜的臉。」

即使做好充分的心理準備，青磁的這句話仍然深深刺進我的心裡。

「啊哈哈哈，什麼意思嘛！真讓人火大，這個玩笑一點都不好笑。」

我費了九牛二虎之力，終於帶著笑聲，對青磁反唇相識。

一臉緊張地觀察著我們的同學看到我笑著反駁，都鬆了一口氣，繼續和其他同學聊天。

青磁皺起眉頭看著我，然後輕輕咂嘴，不悅地說：

「煩死了。」

說完，他突然站起來。

他準備走出教室，班導師發現後叫住他。

「喂，深川，不可以隨便離開教室。」

青磁頭也不回地喊了一聲：

「廁所！」

然後粗暴地打開門，走去走廊。

我可以感覺到教室內的氣氛頓時放鬆了，同時意識到其他人都不經意地看著我。

我全身的皮膚感受著所有人的注目，按著口罩，笑著對沙耶香說：

「青磁的嘴巴超賤，超討厭。」

她輕輕笑笑，拍了拍我的肩膀，默默走回自己的座位。亮太對我說：「妳不要放在心上。」

聽到亮太這麼說，我立刻火冒三丈。

什麼意思啊？太讓人生氣了。

不要做出這種好像在安慰我的行為。這不就等於在說我受傷了嗎？好像我因為青磁而受傷，好像我很可憐。你們真的不要這樣，一笑置之就好了啊。

雖然有滿腔的不滿和憤怒，但我的身體並沒有發洩這種感情的出口。

於是我低下頭。

口罩碰到胸口被擠上去，把眼睛以下的部分全都遮住。

★

今年四月初升上高二後，我和青磁第一次說話。

但去年他就在隔壁班，而且我們兩班一起上體育課，在按照能力分班上數學課時，我也和他同班，算是認識他。

即使沒有這種關係，他仍很引人注目，當然會聽到他的傳聞。我猜想同年級的所有同學，還有其他年級的學生都認得他，也知道他的名字。

有三大理由。

首先是外表。他的外表很與眾不同。

他五官看起來很中性，端正英俊，瘦瘦高高，站在那裡就會吸引別人的目光。

最引人注目的就是他頭髮的顏色。不知道他的頭髮是否曾經漂髮褪色，是一頭幾乎接近白色的銀髮，周圍都是黑色的腦袋，他的頭髮格外顯眼。

我們高中是升學率很高的明星高中，大部分學生都很老實，校方對學生不會管得很嚴格。可能是因為這個原因，即使青磁的髮色這麼新潮，老師似乎從來沒有任何意見。

其次就是他的性格和行為舉止。

他的個性很奇特，行為舉止偏離常識。

我認為這是他把內心的感情付諸行動的表現，但他這個人直言不諱，想到什麼就直接說出口，然後付諸行動，即使會因此造成別人的不愉快，他也毫不在意。

我們學校大部分學生都很老實，因此青磁自由奔放的言行總是成為矚目的焦點。

第三，人不可貌相，青磁似乎很會畫畫。

聽說他從中學時開始，就曾經得過好幾次獎。不久之前，他也在什麼比賽中獲得前幾名的獎，在全校師生面前獲得了表揚。

總之，即使他什麼都沒做就很顯眼，再加上經常有機會在眾人面前曝光，在學校內小有名氣。

也許是因為這個原因，班上的同學都對青磁另眼相看，大家都覺得他很厲害，他的一言一行都受到注意。他明明是個討厭的傢伙，大家都太沒眼光了。

我對這種目中無人，神經大條的人深惡痛絕，完全搞不懂大家為什麼能夠容忍他。

我越想越氣，很想咂嘴，但仍然沒有表現出來。

——因為我是『優等生』。

「丹羽，這是第六堂課要用的分工表，拜託妳了。」

午休時間，班導師叫我去辦公室，把分工表交給我。我像往常一樣笑著回答說：「好。」

我可以從老師說話中，感受到他非常信任我這個班長。

這是努力的結果。

我是勤奮好學的學生，在課業方面很認真，但並不是只會讀書的書呆子邊緣人，和其他同學都保持良好的關係。積極參加學校的各種活動，促進和其他同學之間的交流。

我覺得自己就是標準的優等生，所以班上的同學都很信任我，同學都很願意聽我的意見。

……只有一個人例外。

第六堂課的班會時間。

「今天要討論文化祭表演的舞台劇細節。」

班導師離開講台後，我站上講台，看著全班同學說。

暑假結束後，就要舉辦文化祭。

我們班要演出舞台劇，從寫劇本到背台詞，以及練習動作、製作大型道具，和準備小道具和服裝，都需要耗相當的時間，必須在第一學期就分配好詳細的分工，分頭著手準備。

我看著班導師交給我的分工表，把分工的內容寫在黑板上。

同學七嘴八舌地討論起來。

學校很久沒有辦活動了，大家可能都很期待，顯得很興奮。

「呃，先來決定角色分配。」

即使我提高音量說話，熱烈討論的同學也都沒有聽到。

「對不起，請大家聽我說。」

我大聲說話的聲音被擋在口罩內。我抓著口罩稍微拉起後又說了一次，大家才終於停下來，轉頭看著我。

「首先要決定演主角的公主和王子的人選，有人主動爭取嗎？」

兩名主角當然是重要的角色，有很多台詞，這兩個角色的演技好壞決定了整齣舞台劇的成敗。

不知道是因為有壓力，還是因為害羞，沒有人舉手。

「沒有人主動報名嗎？既然沒有人主動報名，也可以推薦別人。」

這時，有幾個人看向青磁。

「我覺得青磁可以演王子。」

其中一名男生說道，其他人都點著頭。

「是啊，他是班上看起來最像王子的人。」

「對，我覺得他穿王子的衣服應該很好看！」

雖然我不太願意承認，青磁皮膚白淨，五官端正，的確很適合演王子。雖然班上還有其他大家覺得很帥的男生，但他們幾乎都參加運動社團，皮膚曬得很黑，肌肉飽滿，不太符合王子的形象。

「公主當然要由友里亞來演。」

「對啊。」

友里亞有一頭蓬鬆的頭髮，笑容很甜美，是人見人愛的可愛女生。「妳願意演公主嗎？」我問友里亞，友里亞有點不知所措，害羞地笑笑回答說：「好。」

「那青磁呢？」

我叫了最深惡痛絕的名字，看向窗邊的座位。青磁托腮看著窗外的天空，凶巴巴地轉過頭。

「……幹嘛？」

「你應該聽到了大家的討論，大家都說你適合演王子，你願意嗎？」

我以為他一定會答應。畢竟這是班級活動，而且大家都推薦他。

「啊？」沒想到青磁使勁皺起眉頭，歪著頭說：「我不要，為什麼要我演？找其他人去演啦。」

從他的聲音中察覺到他並不是害羞，更不是開玩笑，而是真心話，我太吃驚了，整個人都傻住了。

我發現自己原本掛在臉上的笑容消失，慌忙再次擠出笑容。

「雖然是這樣，但大家都說你適合演王子。」

「煩死了，妳閉嘴啦。」

他語氣惡劣地打斷我。

我努力保持笑容注視著青磁，青磁不耐煩地抓著一頭銀色頭髮說：

「開什麼玩笑！什麼叫大家都說我適合？誰是大家？而且即使說了又怎麼樣？」

我在聽他說話的同時開始不耐煩。

你這是什麼態度！我很想這麼罵他。這傢伙不懂得什麼叫團隊精神嗎？

教室內鴉雀無聲，氣氛很緊張。我感覺到大家的視線在我和青磁之間徘徊。

「……啊哈哈。」

我好不容易發出笑聲。

「不好意思，不好意思，我的說法的確有問題。」

為了緩和氣氛，我這麼說道。

「少囉嗦！」青磁大聲說道，「妳閉嘴啦，不要討好我，聽了就想吐。」

他語氣堅定地說完後，把頭轉到一旁，完全沒有再看我一眼。

我稍微低下頭，嘆口氣，然後抬起頭，若無其事地說：

「……所以青磁不想演，有沒有其他人選？」

大家聽了，又像剛才一樣和周圍的同學討論起來。不一會兒，一群活潑好動男生的中心人物在周圍同學的說服下，主動舉手接下這個角色，總算完成了角色分配。

★

班會課結束的同時，我轉頭看向青磁。

他把看起來好像完全沒有裝任何課本的扁扁書包揹在肩上，準備走向教室出口。

「青磁，可以和你說幾句話嗎？」

我鼓起勇氣，面帶笑容叫住他。他果然不耐煩地轉頭問我：「幹嘛？」

我超討厭你，也不想和你說話，但這是為了全班的大局著想，我只能硬著頭皮叫你。我在內心咒罵著他，仍然面帶笑容說：

「不好意思，耽誤你回家的時間。可以和你說一句話嗎？」

青磁仍然不悅地注視著我。我感到渾身不自在，很想移開視線，但總算忍住了。

「剛才分配角色的時候……雖然後來由其他同學演王子，但你的態度有點、會讓大家的氣氛變得很差……所以，該怎麼說，如果你可以稍微配合班上的事，我會很感謝你。」

我擺出低姿態。雖然我覺得這是班上要表演的舞台劇，他當然應該提供協助，但我並沒有把內心的想法表現出來。

沒想到青磁仍然沉著臉說：

「啊？大家？氣氛？真是莫名其妙，難道大家都覺得『妳去死』，妳就會去死嗎？」

聽到他這種好像小學生般的歪理，我很想咂嘴。

我很想反駁他，你為什麼不好好配合？但我當然不會真的說出口。

我克制著內心的煩躁，心平氣和地繼續對他說：

「我能夠理解你想要表達的意思，但是如果全班同學不齊心協力，就無法做好這件事……而且還要分配你負責其他工作，希望你到時候願意接受。」

我極其小心謹慎地表達意見，努力不惹惱他，他毫不掩飾內心的不耐煩咂著嘴。我其實也在忍耐。

「妳知道我想表達的意思？妳根本不知道，應該說，妳根本不想瞭解，整天說一些敷衍了事的場面話，超讓人不爽。煩死了！」

青磁不悅地說。

噗通、噗通。我的心臟發出討厭的聲音。

青磁為什麼會接連說出這麼惡毒的話？難道他以為我不會受傷嗎？還是他故意想傷害我？

我用手掌按著口罩回答說：

「我知道你討厭我，但這是文化祭的事，希望你能夠體諒。先不談我的事，為了全班，希望你能夠配合，這樣也不行嗎？」

我窺視著他的表情，青磁面帶慍色皺起眉頭說：

「我又不是不想參與班上舞台劇的工作，只是如果我演主角，放學後不是要排練什麼的，佔用很多時間嗎？我不想被佔用那麼多時間。」

他口齒清晰，緩緩地向我說分明。

「我無法忍受畫畫的時間被佔用。對我來說，社團活動的時間最重要，只要不會影響社團活動的時間，我什麼事都可以做。」

青磁說完這句話，毫不猶豫地大步走出教室。

無法原諒

我意識到自己心慌意亂。

離開學校後，心情仍然無法平靜。我想要忘記這件事，低頭快步走向車站。都是青磁害的。太生氣了。

我知道他討厭我。這件事本身無所謂。有的人合得來，有的人合不來，這是很正常的事。

我也對青磁深惡痛絕，不想和他說話，如果可以，根本不想看到他。但是如果明顯表現出和他關係惡劣，會讓其他同學感到不自在，所以我克制內心對他的不爽，主動和他說話。

但青磁那個傢伙，每次我和他說話，他就顯得很不爽，對我的態度超冷淡，好像故意摧毀我的努力。

即使我再怎麼努力避免班上的氣氛變差，他每次都搞破壞，害我白費力氣。真的超火大。我超討厭他。

我滿腦子想著這些事，不知不覺中來到車站。我走進驗票口，走下階梯來到月台。地鐵站內的空氣總是悶熱潮濕，沒走幾步，皮膚就黏黏的，濕氣還鑽進口罩，我的心情更差了。

搭上擠滿人的電車，不計其數的乘客身上散發的熱氣把我團團包圍。我喘不過氣。口罩遮住的部分特別悶熱，慢慢滲出汗。

雖然很不舒服，但我無法拿下口罩。很多學生都會在這個車站搭車，而且很多人都搭這個方向的電車，不知道什麼時候會遇到認識的人。

沒有座位，也沒有吊環可以抓，我的身體只能隨著電車搖晃。剛進高中，必須搭電車上下學時，經常重心不穩，常常差點跌倒，但搭了一年多電車，終於已經習慣。

我拿出手機，把耳機塞進耳朵。雖然沒有特別想聽的音樂，但還是挑選不久之前流行的搖滾樂團專輯，然後把手機放回書包。乏善可陳的歌詞隨著了無新意的旋律貫穿我的身體。

下一站時，又有更多人上車，我被擠進來的人潮推著走，身體緊貼著旁邊的粉領族和站在後方的上班族，雖然很不舒服，卻無可奈何。

我低著頭，目不轉睛看著放在胸前的右手。

電車終於抵達我要下車的那一站時，我的脖子和口罩內都濕了。

我在住家附近的車站下車，走路十多分鐘回家。

每次看到中途的便利商店時，我就會把口罩拿下來。因為家人有時候會來這家便利商店買東西，我擔心他們會看到我戴著口罩。

其實只要一走出家門，不戴口罩就會讓我心神不寧，我很想在回到家之前都戴著口罩，但我不想被家人看到，即使被不認識的人看到臉，我也只能忍耐，每天都會在這裡拿下口罩。

拿下掛在耳朵上的掛繩，可以感受到長時間被勒緊，幾乎快麻木的耳根因終於擺脫摩擦感到喜悅。

一直被口罩遮住的臉頰突然接觸到外界的空氣，讓我感到惴惴不安。發現有人影迎面走來，我立刻把頭轉到一旁。即使是不認識的人，我也討厭別人直視我的臉。

戴了好幾個小時的口罩後，我覺得臉頰有點浮腫鬆弛，只要稍微誇張地側著頭，長長的頭髮就能遮住臉，可以放下心來。

我很想把瀏海留得更長，但每次稍微長一點，媽媽就說：「差不多該剪頭髮了。」所以我始終無法留長。

「我回來了。」

打開玄關的門，我對著走廊深處叫了一聲。「回來啦。」客廳傳來回答的聲音。

我直接回到自己的房間，放下書包後，和平時一樣走去客廳。

「茜，回來啦。今天回來有點晚。」

站在廚房的媽媽對我說。

「嗯，因為文化祭的事，所以耽誤了一點時間。」

「這樣啊。對不起，這裡可以交給妳嗎？」

「好。」

媽媽離開流理台後，我站在流理台前。媽媽要去托兒所接妹妹回家。

「媽媽，這個是做沙拉嗎？」

「嗯，那就麻煩妳了，我出門了。」

「好，路上小心。」

我洗好蔬菜，切成一口大小，裝盤後，包上保鮮膜，放進冰箱。

視線看向旁邊時，發現還有其他食材放在流理台上。絞肉、洋蔥、雞蛋、麵包粉和牛奶……要做漢堡排嗎？

雖然媽媽沒有叫我幫忙，但既然看到了，就不能視而不見。我嘆了一口氣，拿起洋蔥和菜刀。

媽媽從早上到傍晚都在外上班，而且還要接送妹妹，每天看起來都很疲累，所以我必須盡可能幫忙做家事。

我把洋蔥切碎後用平底鍋炒了一下，稍微冷卻後，和絞肉混在一起。加入調味料和雞蛋，再撒上麵包粉，加入少許鮮奶後繼續揉捏。

把油倒進加熱的平底鍋時，聽到腳步聲，我抬起頭。

一個人影從客廳的門那裡慢慢走進來。是哥哥。

由於他的頭髮睡得很凌亂，而且穿著居家的運動衣，我知道他今天也沒去學校。

「哥哥，今天晚餐吃漢堡排。」

我笑著對哥哥說，但哥哥只是瞥了一眼，輕輕哼一聲。

哥哥最愛漢堡排，以前每次看到媽媽在揉捏絞肉時，就會興奮地張望，但最近似乎對要吃什麼菜完全失去興趣。

哥哥茫然地走進廚房，從冰箱裡拿出保特瓶裝的可樂，又走回了客廳。

我把揉成圓形的漢堡排放在平底鍋時心想，哥哥應該就是所謂拒學的繭居族。

升上高中後不久，哥哥就不再去學校。

沒有人知道原因。哥哥讀的是升學率很高的學校，可能因為課業太難了，也可能是在晨訓很辛苦的社團發生了什麼事。

但哥哥之前成績並不差，經常和足球社的同學一起出去玩得很開心。總之，哥哥沒有去學校，從高一開始就休學在家，現在已經快十八歲了。

我正在煎漢堡排，聽到玄關傳來咬字不清的聲音。妹妹玲奈回來了。

「我肥來了！」

「哇，好香啊！」

她沒有洗手，就走進廚房。

「有沒有洗手和漱口？」

我提醒她，玲奈不滿地嘟著嘴，朝我的腰拍了一下。

「玲奈，怎麼可以這樣？」

「姊姊好壞！」

她沒有向我道歉就跑走了，目送她離去的背影，我忍不住嘆氣。

玲奈最近很不聽話，而且經常動作粗暴。是不是受到托兒所小朋友的影響？以後可能會更調皮。想到這裡，心情就忍不住憂鬱起來。

她剛出生時超可愛，而且我很高興有了妹妹，即使媽媽沒有開口，我也經常主動照顧她。但是她三歲之後就越來越任性，而且還會打我，讓我束手無策。

「玲奈！趕快來洗手漱口和換衣服！」

「我不要！」

媽媽追著玲奈跑的腳步聲傳來，不知道哥哥是不是覺得很吵，他的房間傳來用力捶東西的聲音。

我又忍不住嘆氣。

聽說嘆氣會導致幸福遠離，我猜想這輩子的幸福都被我嘆氣嘆掉了。

★

媽媽和我們三個孩子吃完晚餐，我站在流理台前準備洗碗時，聽到用鑰匙打開玄關門的聲音。

「你回來啦。」

我向走進客廳的爸爸打招呼，他親切笑著對我說：

「小茜，我回來了。」

「要先吃飯嗎？」

我無法叫他爸爸。我至今仍然沒辦法當面叫他「爸爸」。

「好，那就麻煩妳。」

爸爸說完，走去洗手台。

媽媽正在為玲奈洗澡，只能由我為爸爸準備晚餐。

我把包著保鮮膜的漢堡排稍微加熱煎一下，裝在盤子上，再把白飯、沙拉和湯端過去。

「我開動了。」

爸爸在吃飯前總是很有禮貌地合起雙手。我一邊洗碗，一邊偷瞄著他挺直身體吃飯的樣子。

不用說也知道，我和爸爸長得並不像。

五年前，我十二歲時，媽媽再婚嫁給他。一年之後，玲奈出生了。爸爸個性很溫和，對媽媽改嫁時帶來的我和哥哥也視如己出，就像對待親生女兒玲奈一樣和藹溫柔。

我覺得爸爸人很好，但還是很難開口叫他「爸爸」。

爸爸吃完飯後，把碗筷拿過來，我洗好之後，才終於可以喘口氣。

爸爸、媽媽和玲奈接下來會在客廳享受歡樂時光。

我克制了想要看電視的心情，走回自己房間，然後重重地倒在床上。

我怔怔地看著空無一物的天花板片刻，想起還要做英文的閱讀理解和預習古文，拖著疲憊的身體坐起來。等一下還要寫數學題，如果不趕快寫完，又要很晚才能睡覺了。

我坐在書桌前，門突然打開。

「姊姊！」

玲奈衝了進來，抱住我的腰。她頭髮滴著水，而且光著身體。

「啊喲，妳都沒穿衣服。」

「很熱啊。」

「即使很熱，不穿衣服會感冒，而且妳頭髮也沒擦乾，這樣不行啊。」

「很麻煩嘛。」

「唉，真是拿妳沒辦法……擦頭髮的毛巾呢？」

「嗯？」

玲奈歪頭看著我。

我已經對她說過好幾次，洗完澡要把毛巾帶過來，不知道她是聽不懂，還是故意調皮，總是一頭濕濕的頭髮從更衣室跑出來。媽媽每天都在玲奈洗完澡後慢慢護膚，所以玲奈洗完澡後，都由我負責幫她吹頭髮和穿衣服。

我牽著她的手走去更衣室，幫她穿上內褲，用毛巾擦完頭髮，穿好睡衣後，再用吹風機幫她吹頭髮。

玲奈心情很好，笑起來的樣子像天使一樣可愛。

為玲奈吹好頭髮時，媽媽從浴室走出來對我說：

「啊，對了，茜，明天要麻煩妳去接玲奈。」

「喔，對喔，媽媽明天要上晚班。」

媽媽上晚班時，都由我去接玲奈回家。放學回家再去托兒所很不順路，而且牽著玲奈走路很辛苦，老實說，我很不想去接她，但沒辦法推托。

「是啊是啊，最近有好幾個大學生都辭職了，很少有人上晚班。」

媽媽可以說家裡有幼兒，找別人代班啊。

我腦海中浮現這個想法，但立刻把這個想法拋在腦後。

媽媽開始吹頭髮時，玲奈感到無聊，於是就纏著我。

「姊姊，妳讀繪本給我聽。」

唉，我要寫功課。雖然我這麼想，但玲奈似乎覺得朗讀繪本是我的工作，拿她沒辦法。我微笑著對她說：「好，好，那我們去臥室。」

我很喜歡看書，並不討厭讀繪本給玲奈聽。只是必須一直讀到她睡著，而且如果繪本不合她的意，她就會吵鬧，這兩件事讓我有點傷腦筋。

在我翻開第三本繪本時，玲奈昏昏欲睡，我為她蓋好被子，走出臥室。

正在鏡子前保養肌膚的媽媽問我：「玲奈睡著了嗎？」

「嗯，睡著了。」

「這樣啊，今天這麼早就睡了，太好了。」

「嗯。」

「妳也要睡了嗎？」

「不，還沒這麼早睡。」

「不要太晚睡了。」

「嗯。」我點點頭，但內心有點不太高興。

我並不想晚睡，但是照顧完玲奈，還要再寫功課。又不是我喜歡熬夜。

但是，我沒辦法把這些話說出口。

媽媽每天清晨起床洗衣服，為爸爸和我做便當，送玲奈去托兒所後去上班。下班後去買菜，下廚做飯，然後又要去接玲奈，照顧玲奈的生活，從早到晚都忙得焦頭爛額。

我站在那裡怔怔地想著這些事，和洗完澡走出來的爸爸對上眼。

「小茜，怎麼了？妳好像很沒精神。」

「啊？」

「學校發生了什麼事嗎？」

我剛才不是在想學校的事，而是在想家裡的事。不，學校也發生了一些事。青磁的臉閃過腦海，我覺得有點反胃。

「……不，沒事。」

我擠出微笑回答。

「這樣啊。」爸爸輕輕點點頭，用掛在脖子上的毛巾擦著頭髮說，「沒事就好，如果有什麼困難，可以和我討論，不必有任何顧慮。」

「嗯，謝謝。」

雖然我這麼回答，但我不認為會有這麼一天。

「玲奈睡覺的臉真可愛。」

爸爸探頭向玲奈的床張望，眉開眼笑地說。

這是理所當然的事。我在心裡想道。

即使是同住在一個屋簷下的家人，有沒有血緣關係大不相同。

爸爸會嚴厲斥責玲奈，也會盡情寵愛她，但不會這麼對待我和哥哥。

我也一樣。雖然覺得爸爸很和藹可親，覺得他是好人，但絕對不可能把在學校發生的事，或是對家人的不滿告訴他。

爸爸對著玲奈熟睡的臉百看不厭，我對著他的背影說聲：「晚安」，走出客廳。

走進自己房間時，頓時感到全身無力。
我重重地吐了一口氣。
雖然我很想躺下，但擔心躺下去就一覺到天亮，所以經過床邊，走向書桌。
走去書桌時，不經意地看向穿衣鏡。
頓時嚇了一跳。
我的臉長這樣嗎？
鏡子中的那張臉好像螺絲鬆了，整體有一種失焦模糊的感覺。
我感覺心裡七上八下，紛亂難安，很不舒服。
我立刻轉頭不看鏡子，打開旁邊衣櫥中的抽屜。抽屜裡放著口罩。那是兩盒六十個裝的便宜口罩。
我選了數量最多的口罩，但每天要使用兩三個口罩，所以不到一個月就用完了。
我不想讓家裡的任何人知道自己不戴口罩就會心神不寧，所以都在放學時去藥妝店，用自己的零用錢買口罩。
我從口罩盒裡拿出十個左右的口罩放在桌上。趁記得的時候放進書包裡，如果在學校時發現口罩用完了，我可能沒辦法繼續上課。

我拿起一個口罩，把口罩的掛繩掛在耳朵上，臉被遮住的感覺帶來的舒服和安心讓我渾身酥麻。

我重新面對鏡子。

看著戴上口罩的臉，產生「沒錯，這就是我的臉」的真實感。最近看到自己不戴口罩的臉，會感到渾身不舒服。

鼻子以下都被口罩遮住，五官中只有眼睛露出來。瀏海很長，連眉毛也看不到。

我想起剛才看到的那張臉。

鼻子不夠挺，厚唇的形狀很不協調，還有圓下巴。五官都很難看，眼睛也是內雙眼皮，我不止一次希望，至少眼睛可以稍微大一點。

不可思議的是，戴上口罩後，原本根本和漂亮沾不上邊的眼睛看起來稍微亮麗了些。再加上可能其他醜陋的部分被遮住了，所以戴口罩時，自己的臉看起來不至於醜得令人絕望，心情會稍微好一些。

我戴著口罩坐在書桌前繼續讀書。

雖然我知道這麼做有點莫名其妙，但我並不打算把口罩拿下來。

寫完功課，完成預習，也複習完討厭的數學。

沒想到比想像中更早結束，現在才十一點多，我躺在床上，翻開昨天在書店買的文庫本。

我很喜歡《等待拂曉的人》這本小說的封面，就衝動買了下來。以前從來沒有看過這位作家的作品，但看了前面幾頁，清新優美的文字很吸引我。

我看得入迷，但突然很不開心。因為小說中出現一個名叫「青山」的人。看到「青」這個字，立刻想起青磁的臉，我忍不住闔起小說。

搞什麼嘛！我內心想要大喊。

難得享受寶貴的療癒時間，青磁竟然害我無法樂在其中。如果在學校也就罷了，沒想到回到家裡，仍然會因為青磁而不高興。

我把書放在枕頭旁仰躺，雙臂放在額頭上，閉上眼睛，重重地嘆氣。

我討厭青磁。我對他深惡痛絕。

我第一次這麼討厭一個人。

之前我一直覺得不可以討厭別人，即使遇到個性不合的同學，也努力尋找同學身上的優點，試著喜歡對方。

但只有青磁完全不可能。無論在生理上還是本能上，我都超級討厭他。每次看到他那雙好像玻璃珠一樣的眼睛，就會忍不住移開視線。只要看到他，我就感到呼吸困難，坐立難安，很想趕快逃離。

啊啊，我不行了。我用力深呼吸。

只要思考青磁的事，心情就無法平靜，方寸大亂，最後陷入黑暗之中。不要去想那種傢伙。我這麼告訴自己，但又隨即產生了一個疑問，這已經是第幾次了？自己都忍不住笑出來。

自從和他同班的這幾個月來，我一次又一次在想同樣的事。無數次告訴自己「不要再去想青磁的事，只會讓自己心情不好」，但仍然無法忘記他說的「那句話」。

既然無法忘記，就只能忍耐。

和他同班是無法改變的命運，而且又剛好坐在他旁邊，根本是不幸，但我無能為力，只能忍耐。

我這麼告訴自己，闔上書本，倒在枕頭上。

難以置信

第三堂課下課的鈴聲響起，大家立刻開始收拾東西。第四堂是音樂課，要去其他教室上課。

我拿著課本和直笛站起來。

我看向沙耶香，她正和其他幾個女生看著手機上的影片笑著。去其他教室時，我通常都和沙耶香一起，但我們並沒有約好，於是我獨自走出教室。

音樂教室在上面那個樓層的東側，大家都走東側的樓梯，但我不想跟著人群一起走，便繞遠路走向西側樓梯。

幾乎沒有任何教室位在靠西側樓梯的地方，所以這裡的樓梯沒什麼人。隨著漸漸遠離課間休息時間的喧鬧，我發現自己的肩膀也放鬆了。

當我走上樓梯時，聽到樓上傳來高亢的聲音。

我納悶地走上樓梯，經過樓梯轉角時，意識到自己的臉在口罩下皺成一團。

我絕對不可能看錯那個背影。

瘦高個的男生駝著背，一頭沒有色彩的頭髮。是青磁。

太衰了。我在內心咒罵。但現在走回東側樓梯，上課可能會遲到。無奈之下，我只能和他保持距離，慢慢走上樓梯，以免被他發現。

這時，撕裂空氣般的高亢聲音響徹樓梯。抬頭一看，青磁一邊吹直笛，一邊走上樓梯。

吵死了，而且吹得太爛了，好幾次都破音，但他樂不可支地嗶咻啦啦地吹個不停。

我就是討厭他這種地方。他這個人缺乏常識，自由散漫，很不懂禮儀，凡事以自我為中心，似乎從來沒想過會造成他人的困擾。

內心的煩躁消滅了緊張，我不小心發出腳步聲。不妙。正當我閃過這個念頭時，青磁已經低頭看過來。

「……」

「……」

兩個人之間一片沉默。

嗶。青磁再度吹起直笛。

我超不爽。這個人也太搞不清楚狀況了。我忍不住想。

我決定無視他。

在班上同學面前，不能讓別人發現我和他不和，所以我對他的態度和其他人一樣，但現在既然沒有其他人，就不需要偽裝了。

我貼著欄杆走上樓梯，打算走過他身旁。

我可以察覺到他直視著我。

我拉了拉口罩，拉到眼睛下方。

在拉口罩的同時，心裡嗆他，看什麼看？

青磁明明很討厭我，卻總是肆無忌憚、毫不客氣地盯著我看。我希望他無視我，這樣我心情也比較輕鬆。

「喂！」

他突然叫我。我情不自禁回頭看他，他那雙玻璃珠般的眼睛看著我。

噗通。心跳加速，全身都發出了討厭的聲音。

不要看我。我很想大叫。

不要用那雙眼睛看我。因為我會想起來。因為我會想起那句至今仍然無法忘記，深深刺進我心裡的話。

——我討厭妳。

那時候，青磁明確對我說了這句話。
那雙像玻璃珠的眼睛就像現在一樣直視著我。

那是四月的時候，我們剛升上二年級。
和今天一樣，我們在沒有其他人的走廊上遇到了。
青磁當時注視著中庭盛開的櫻花，隨風飄來的淡桃紅色花瓣從敞開的窗戶吹進來，在他周圍翩翩起舞。
我怔怔地看著這片景象，青磁突然轉頭看過來，我們的視線交會。
我對他笑了笑。那時候我還沒有戴口罩，可以正常露出笑容。畢竟我們是同班同學，而且我希望能夠和他建立良好關係。
青磁從一年級時就很有名，我雖然認識他，知道他的名字，但從來沒有和他說過話，也不知道他是什麼樣的人。
青磁應該也一樣。我沒有可以在全校師生面前獲得表揚的專長，他可能根本不知道有我這個人。
但是他聽到我的腳步聲轉過頭時，站在走廊的正中央，目不轉睛地看著我，突然對我說：

『我討厭妳。』

我很受打擊，說不出話，他又落井下石般說：

『我超級討厭妳。』

每次想起當時的事，我就難過得想吐。

怎麼可能？難以置信。簡直衰到爆，太莫名其妙了。

即使這個人再怎麼直言不諱，即使他的個性是想到什麼就說什麼，那種行為也太誇張了。

他竟然對著別人，而且幾乎算是第一次見面的同班同學說『我討厭妳』這種話，是不是腦子有問題？太過分了，他還配當一個人嗎？

又不是小孩子，即使遇到自己不喜歡的人，也不可以說出口。不需要把這種事說出來，既然這麼不喜歡對方，只要保持距離就好。

難道青磁不知道對方聽了他說的話會有什麼感想嗎？難道他在幼稚園時沒有學過，要考慮一下別人的心情嗎？

因為想起了那天的事，所以內心的負面情緒好像激流般翻騰不已。

我完全沒有想到竟然會再度遇到相同的情境。

討厭，討厭，討厭。

我抓著欄杆的手無法用力，腳步有點不穩。

我拚命忍耐著，一旁的青磁再度嗶咻啦啦地吹起直笛。

開什麼玩笑！他腦子有問題嗎？怎麼會有這種人？我受夠了，我不想和這種人呼吸相同的空氣。

「喂，茜。」

他又叫了我一聲，我推開他，一口氣衝上樓梯。

我超討厭你。我在內心大喊。

★

下午是體育課。

生理痛比平時更嚴重，開始頭痛，甚至還有平時完全不會出現的腰痛，下腹部也隱隱作痛。老實說，我很想請假休息。

但是我無法對老師說：「我生理痛很嚴重，所以讓我坐在旁邊看。」只能拖著沉重的身體走進體育館。

今天的體育課，女生打排球，唯一值得慶幸的是，沒有輪到我上場比賽時可以休息。

「茜，我跟妳說。」

有人在背後叫我，我回頭一看，一位其他隊的同學一臉無助地看著我。

「怎麼了？」

「我們隊今天有一個人請假。」

「喔，對喔，今天美保沒來上課。」

「老師要我們找人代替。」

喔，原來是這麼一回事。我在內心恍然大悟。

遇到這種情況時，通常都會找代打。我的運動能力並不差，再加上是班長，只要有人拜託，我都會點頭答應，自然而然就遇到了這種事。

說實話，今天肚子真的很痛，體力有點不支，但還是無法拒絕，我面帶笑容接過了排球。

連續上場比賽了三局，結束時，渾身都很不舒服，腦袋有點昏沉。因為我戴著口罩打排球，連呼吸都很不順暢。

接下來至少可以休息一局，我稍微鬆了一口氣，坐在門口通風良好的地方，怔怔地看著外面。

男生正在操場上踢足球，我心不在焉地看了一會兒，發現有幾個男生的動作明顯和其他人不一樣。他們應該練過足球。

我瞪大眼睛確認到底是誰，發現果然都是足球社的人。就在這時，有一個男生動作俐落地從入選全縣選拔賽、足球社王牌球員的腳下搶走了球。好厲害。是誰啊？正當我感到好奇時，那個男生從人群中衝出來，他的頭髮在正上方的陽光照射下閃著銀光。

呃！我差一點叫出聲音。是青磁。

他如魚得水地運球穿越防守網，像風一樣快速穿越球場，轉眼之間，就來到球門已經進入他射程範圍的距離，在對方的防守隊員趕到之前，踢出的球就呼嘯著射中球門。

操場上響起一陣歡呼，同隊的男生都同時抱住青磁。他嚷嚷著：「你們快把我悶死了！」但笑得很開心。

我知道自己很莫名其妙，但他歡快的笑容真的讓我看了很火大。我這麼不舒服，為什麼那個傢伙笑得這麼開心？

這是遷怒於人。我在內心反省著，繼續觀看比賽。

我對運動並不是很熟，但哥哥以前很愛踢足球，讀小學時，曾經去看他們足球隊比賽，對足球比賽的規則略知一二。也因為這個原因，看著操場上的比賽覺得很有趣。

青磁在球場上自由自在地跑來跑去，不時聲東擊西傳球，一有機會就射門。他在球場上狂妄的表現，完全是他性格的寫照。

雖然很不甘心，但他的確是足球高手。明明是美術社的人，踢什麼足球啊！我知道說這種話，會對美術社的其他人很失禮。

他的運動能力很強，而且具備足球方面的技術。

他以前中學時可能參加過足球社，但八成因為太難搞，和其他成員發生摩擦，所以上高中後，就參加了文化社團。

青磁在場上很活躍，但是過了一會兒，他的動作變得遲鈍。不知道是平時很少運動，缺乏體力，很快就累了，還是因為失去幹勁。青磁這個人性情不定，以自我為中心，八成是後者。

他直到最後都一副意興闌珊的樣子，懶洋洋地在場上小跑而已。

「茜，開始了。」

同學向我招手。雖然我很不想動，但還是努力硬撐著站起來。

★

真的很不妙。我忍不住想。

上完體育課的第六堂課，我的身體狀況明顯越來越差。

原本以為是生理痛，但搞不好是感冒。頭越來越痛，身體有點發燙。

只剩下最後一堂課了，我想堅持上完。我去年拿到全勤獎，今年很想再次拿到，因此既不想去保健室休息，也不想早退。

第六堂是國文的現代文，只要坐著聽課就好，應該可以撐過去。

我想得太簡單了。

「嗯……今天老師想要用不同的方式上課，讓你們練習一下表達。」

聽到老師這麼說的瞬間，我就產生了不祥的預感。

平時上課只要坐著聽老師說話就好，既然老師說要練習表達，就意味著要課堂討論或是實際練習，這樣就沒辦法靜靜休息了。

「好，那就先分組……」

在老師的指示下開始分組。

我理所當然地和青磁分在同一組，面對他時，身體更不舒服了。

「今天的內容不是『自我介紹』，而是『介紹他人』。」

老師在黑板上寫上很大的字。唉，一聽就知道很麻煩。

「針對小組成員的每一個同學，把這位同學是怎樣的人，有什麼優點寫在卡片上，然後再交給本人。」

同學紛紛說著「好難喔」、「感覺很好玩」。

全班都沉浸在興奮中，我沮喪地低下頭。

青磁和我同一組，我寫不出青磁的優點，也不想寫。至於青磁會怎麼寫我，我只有不好的預感。

在發下來的六張卡片上，分別寫上同組成員的名字，然後寫下介紹的文字。

「小A總是活力充滿，笑容可掬，和任何人相處都很融洽，是很出色的女生。」

「B同學功課很好，為人耿直，很善解人意，是值得信賴的同學。」

寫其他同學很簡單，但是要怎麼寫青磁？

我微微抬起頭，瞥了一眼坐在我面前的青磁。

讓我傷透腦筋的這個傢伙似乎已經寫完了，丟下筆，看著窗外。

我嘆了一口氣。

「青磁很會畫畫，具備了人見人愛的魅力。」

雖然我對他深惡痛絕，但其他人都很喜歡他，所以我這樣寫也不算是說謊。

「好，大部分同學都已經寫完了，那就把寫好的卡片交給本人。」

這堂課是怎麼回事？這樣的課有什麼意思？我感到心浮氣躁，但還是把寫好的卡片交給其他同學。

我也拿到了其他同學寫的卡片。不知道別人寫了什麼？這麼一想，就突然緊張起來。不安迅速在內心膨脹，心跳開始加速。

我快速深呼吸後，確認了卡片上所寫的內容。

「精明能幹，很照顧別人，功課很好，但不會驕傲，人真的很好。」

「總是面帶笑容，親切待人，感覺不會發脾氣。」

「平等對待每一個同學很了不起。沒有討厭的人嗎？我猜想應該沒有。」

我鬆了一口氣。同學寫的內容正是我追求的目標。

我在同學面前出色地扮演了「我」。

但是，當我帶著安心翻開下一張卡片的瞬間，整個人就像被潑了一盆冷水。

「總是用口罩掩飾真心。」

啊？我差一點叫出聲音。是誰寫了這些內容。

我感覺到自己的心跳加速，再次看向卡片。

手微微發抖，卡片也跟著顫抖。

「總是用口罩掩飾真心」這句話對我造成的打擊，連我自己都感到很驚訝。

有人發現我無法離開口罩。

有人這麼看我。

這件事讓我深受打擊。

呼。我吐了一口氣，努力讓自己平靜。

就在這時，我發現有人看著我。我條件反射地抬起頭，和青磁四目相對。

那雙像玻璃珠的眼睛。

該不會是青磁？

這張卡片是青磁寫的嗎？他識破了我的本性嗎？

我無法移開視線，一動也不動地注視著他。青磁動作緩慢地用細長的手指，拿起放在自己面前的一張卡片，出示在我面前。

那是我寫的卡片。

「……怎麼了？」

我擠出微笑問，青磁皺起眉頭說：

「妳亂寫一通。妳根本沒有看過我的畫，而且妳不是不喜歡我嗎？卻在卡片上寫什麼很會畫畫，人見人愛這種不負責任的話。」

我察覺到自己的臉在口罩下皺成一團。

啊？我差一點這麼質問他。不負責任的話？亂寫一通？你在說什麼鬼話？

我好心寫你的優點，你為什麼這麼不耐煩？

我拉起口罩，低下頭，克制著激動的情緒。結果看到剛才那張卡片，心臟好像快凍結了。

對青磁的煩躁，和可能被人識破真心的恐懼糾結在一起，讓我無法呼吸。我快吐出來了。希望這堂課趕快結束。

我之後沒有再看青磁一眼，努力撐到下課。

回到家時，渾身更加無力，精疲力盡。匆匆忙忙洗好晚餐的碗，照顧玲奈上床後，九點多就回到自己的房間。

媽媽似乎有點不滿，在她開口之前，我就對她說：「我有點累，想早點睡。」但想到媽媽也很累，就覺得很對不起她，結果上了床也遲遲無法睡著。

不明就裡

期末考結束了。成績慘不忍睹。

雖然每一科都勉強超過了平均分數，但我擅長的文科科目成績沒有進步，不擅長的數學本來就不可能考到高分，還有好幾個地方粗心寫錯了。

這是至今為止最差的成績。

雖然父母很少管我功課的事，但老師問我：「妳的成績好像退步了，怎麼了嗎？」

即使老師沒有這麼問，考慮到我想要讀的那所大學的錄取分數，我也知道這樣的分數完全不行。必須想辦法解決這個問題。我內心焦急起來，於是對媽媽說「我想去補習」，結果媽媽沒給我好臉色。

雖然一方面是因為錢的問題，但如果我沒辦法幫媽媽做家事，她會很傷腦筋吧。

既然這樣，那就好好在家用功。只不過一旦在家，媽媽就會找我幫忙做事，根本沒辦法專心讀書。

雖然這樣下去不行，卻又不知道該怎麼辦。

我走投無路，內心的不安、焦慮和不滿越來越膨脹。

也許是因為這樣，最近都睡不好，沒有食慾，即使勉強吃東西，也食不知味，吃了就想吐。

在學校保持笑容越來越吃力。

就算看喜歡的電視節目，也不覺得有趣；看喜歡的書常常分心，看得很慢，但又不想讀書。

無論在哪裡都感到喘不過氣，無論做任何事都感到喘不過氣。

這段期間的某一天。

媽媽早上睡過頭，要我送玲奈去托兒所。

離開托兒所，我打算直接去學校，卻發現沒戴口罩。

「……怎麼會有這種事？糟透了。」

我忍不住嘀咕。早上太匆忙，打亂了平時的節奏。

「我要回家拿……」

我打算走回去，但一看手錶，發現時間來不及。如果不直接搭電車，上學會遲到。

算了。我只能放棄戴口罩，用手帕捂著嘴走向車站。

但是走著走著，腳步越來越沉重，簡直就像兩條腿綁了好幾十公斤的石頭，連踏出一步都很吃力。

走不到五分鐘，我終於停下腳步。

在湧向車站的人潮中，只有我一個人站在原地。

我不知道自己為什麼無法邁步，只能茫然地看向前方。

必須趕快走去車站，否則上學會遲到。這關係到全勤獎，遲到一分鐘都不行。

雖然我明白這些事，但身體就是無法動彈，心也靜止不動了。

怎麼辦？怎麼辦？怎麼辦？只有這句話一直在腦海中打轉。

人潮持續經過我的兩側，但我仍然站在原地，彷彿身處不同的次元。

我不知道自己在那裡站了多久，身後突然傳來一個聲音。

「喂！」

我緩緩轉過僵硬的脖子，看向聲音的主人。

「……青磁？」

青磁詫異地站在那裡。

我用手帕遮住嘴巴的手更加用力。

「茜，妳為什麼站在這裡發呆？」

「呃，啊……」

我不知該如何回答。青磁用力皺起眉頭說：

「要遲到了。」

不需要你提醒我也知道。但我沒辦法走路，這是無可奈何的事。我的身體無法動彈，無法發出聲音，卻在內心反駁著。

青磁滿臉狐疑地打量我片刻，突然向我伸出手。我還沒搞清楚狀況，他就抓住了我的手腕。

「……呃！」

放手，別碰我。我很想這麼說，但事出突然，我太驚訝了，什麼話都說不出。

「走吧。」

青磁不顧我驚魂未定，拉著我的手邁開步伐。我用手帕用力捂著嘴，被他拉著手，跟在他的身後。

車站出現在前方，不時看到身穿相同制服的學生。

我的腳步再次停下，一陣反胃，差一點吐出來。

青磁發現我停下腳步，滿臉不悅地轉頭看著我。

我想要說話，但嘔吐的感覺越來越強烈，渾身都很不舒服，根本無法發出聲音。我甩開青磁的手，捂著嘴，低下頭。我無法繼續站立，蹲在地上。

「喂，茜？」

青磁在我面前蹲下來。

「怎麼了？」

即使他這麼問，我也無法回答。

胸口深處有什麼東西湧上喉嚨。我張開嘴，發出「嗚呃」的反胃聲音。

「妳想吐嗎？」

青磁的手放在我的背上，但是因為想吐而變得過敏的身體被別人碰觸，只會讓我感到不舒服，我忍不住拂開他的手。

他立刻縮手，目不轉睛地看著我。

不要，別看我，別管我。雖然我很想這麼說，但沒辦法說出口。

內臟好像快從嘴裡吐出來了。這種感覺一次又一次襲來，我忍不住發出呻吟。

許許多多的皮鞋、球鞋經過我注視著地面的視野角落。

但是，只有正中央的那雙藍色球鞋靜止不動。

我不行了，要吐出來了。

正當我閃過這個念頭時，聽到青磁輕聲細語地對我說：

「吐在這裡。」

抬頭一看，他拿著一個超商的塑膠袋遞到我面前。我不加思索地接過塑膠袋，發出嘔吐的聲音，把胃裡的東西全都吐出來。

我連續吐了好幾次，直到反胃的感覺終於消失。好不容易平靜下來時，倦怠感籠罩了全身。

「對不起……」

我對在我嘔吐時，一直陪在我身旁的青磁道歉。

我以為他會說我很噁心或是很髒。

但是，他沉默不語，什麼話都沒說。

我拿著塑膠袋，搖搖晃晃站起來。青磁也跟著起身。

「……對不起，我們走吧，否則會害你也遲到，對不起。」

說完，我轉頭看向青磁，發現他皺著眉頭。

「妳有辦法走路嗎？」

「當然可以啊，現在已經不想吐了。對不起，讓你看到這麼髒的東西。謝謝你的塑膠袋。」

「妳臉色還很蒼白。」

「沒關係，很快就好了。」

青磁還想說什麼，我沒理他，獨自走向車站。

該吐的都吐出來了，身體舒服多了。我以為自己有辦法走去車站，但即將走進車站的瞬間，我又想吐了，於是摀著嘴，低下頭。

青磁追上來，站在我旁邊，無奈地小聲說：「我就知道。」

胃已經空了，雖然想吐，但什麼都吐不出來，只覺得難過和噁心。

「妳跟我來。」

我努力克服著反胃的感覺，青磁再度抓住我的手，慢慢邁開步伐。我的右手被青磁抓住，只能用左手拿手帕捂著嘴，跟著他走過去。

我們離開車站，也離開上學走的路，走進了一條小路。

小路兩側種著樹，走到樹下，陽光被樹葉遮住，感覺很涼快。

原來這裡有這條路。我忍不住驚訝。

我每天都在車站和住家之間兩點一直線往返，從來沒有來過這條路。

走了一小段路之後，青磁改變方向。

他帶我來到一個小公園，老舊冷清的空蕩園內只有幾個快壞掉的遊樂設施。

我家附近有一座很大的新公園，這一帶的小孩子幾乎都去那裡玩，我猜想即使傍晚的時候，這個公園也很冷清。

青磁讓我在長椅上坐下來，自己坐在旁邊的鞦韆上。

後方的樹木枝葉茂盛，我坐在樹蔭下，感受著涼風吹著脖子，閉上眼睛。

嘰、嘰。身邊傳來金屬摩擦的聲音。

我微微睜開眼睛，發現青磁站在鞦韆上盪了起來。

他還是這麼我行我素。

我下意識地看著手錶。

「……差不多該去學校了，否則真的會遲到。」

離朝會的時間只剩下四十分鐘。

如果一路衝到車站，幸運地搭上剛好進站的電車，然後再全速跑去學校，或許還有機會不遲到。

光是想像這一切就覺得厭煩。雖然已經不想嘔吐了，但胃好像扭來扭去，仍然很不舒服。嘔吐之後，全身都很無力，根本沒力氣跑去車站。

「又不會死，」我坐在長椅上發呆，青磁突然開了口。「有什麼關係？反正遲到也不會死。」

這句話當然沒錯。雖然不會死，但上學不能遲到，而且這樣會拿不到全勤獎。

想到這裡，我突然想到，如果青磁再不去學校，他也會遲到。我會害他遲到。

「青磁，對不起。我已經沒事了，你趕快去學校，不需要在這裡陪我。」

我對他說，他用力把鞦韆盪得很高，轉頭看著我，我也抬頭看著他。

他的身影清楚浮現在夏日早晨鮮豔的藍天下，看起來很耀眼。

「妳真是誤會大了。」

盪到空中的他皺著眉頭說，然後又一下子盪向後方。

「我並不是在陪妳。」

又有一股力量把他推向前方，升向空中。

「只是覺得去學校很麻煩，所以想蹺課。」

他用力盪著鞦韆，盪得很高、很高。一頭白色頭髮隨風飄動。

「是喔。」我回答著，抬頭看向空中。青磁到底在想什麼？我越想越覺得麻煩，於是停止思考。

美麗的藍色天空讓人很自然地露出笑容。

「我口渴了。」

青磁不知道什麼時候不再盪鞦韆，和我一樣抬頭看著天空，自言自語般說。

「附近有便利商店，我去一下。」

「是喔。」我又回答了相同的話。

「妳呢？」

他突然問我，我一時反應不過來。
「妳要不要喝什麼？我順便帶回來。」
「口罩。」
當我回過神，發現自己脫口這麼回答。
青磁皺起眉頭。
我仍然用手帕捂著嘴，吞吞吐吐地說：
「拜託你、幫我、買口罩，我會給你錢。」
青磁前一刻還一臉輕鬆，此刻不悅地輕輕瞪著我。
「啊？妳說什麼？在搞笑嗎？」
「我沒有搞笑，很認真拜託你。」
「啊啊？」
「沒有口罩，我沒辦法去學校。」
青磁的眉頭皺得更深了。
「……什麼意思啊？妳果然有那個、口罩依存症嗎？」
我低下頭，小聲回答說：「可能……」我想到那張卡片十之八九是青磁寫的。

穿著球鞋的腳移動了一下，鞋底和沙子發出摩擦的聲音。淺色的沙子在陽光下閃閃發亮。

「……真受不了，才不管妳。」

他咬牙切齒地說完，跳下鞦韆，走出了公園。

我乾脆回家算了。我這麼想。

只要回到家，就有口罩了，但這個時間，媽媽可能還沒有出門，我不想聽媽媽問我理由。

腦袋好像蒙上一層霧，恍恍惚惚，無法順利思考。

我正坐著發呆，聽到了腳步聲。

有人走過來了。我慌忙用手帕捂住嘴。抬頭一看，青磁拎著超商的塑膠袋走過來。

「……你又回來了？」我忍不住小聲問。

「啊？」青磁挑起眉毛，走過來。

他從塑膠袋裡拿出一瓶礦泉水，放在我旁邊。

「妳漱漱口。」

我大吃一驚，結結巴巴，最後嘀咕說：「謝謝。」因為剛才嘔吐的關係，嘴裡的確很不舒服。

我順從地漱了口，青磁又說：

「還有這個，我幫妳買回來了。」

他從塑膠袋裡拿出來後丟過來的東西，竟然是口罩。

他剛才滿臉不願意，我還以為他生氣，就直接回家了。

我太驚訝了，什麼話都說不出來，一動不動地看著手上的口罩袋子。

「……怎樣？發什麼呆啊？妳可不要說什麼不喜歡這種口罩之類離譜的話。」

我用力搖著頭，然後再次鞠躬說聲：「謝謝。」

「哼。」青磁用鼻孔吐氣，在旁邊的鞦韆上坐下。

我稍微轉過頭，不讓他看到我的臉，然後打開包裝，拿出口罩。

戴上口罩的同時，有一種難以用言語形容的安心感。硬要說的話，可能就像是原本只穿了一件內褲出現在眾人面前，終於能夠穿上衣服的那種壓倒性的安心感。

我感覺到全身放鬆，這才發現剛才一直處於緊張狀態。

呼。我吐了一口氣後抬起頭，發現青磁目不轉睛地注視著我。

「從什麼時候開始？有什麼原因嗎？」

「啊？」我歪著頭納悶。

「那個，」青磁指著我問：「口罩。為什麼？」

我想一下後回答：

「不知道……」

其實我知道，但說不出口，也不想說。

「是喔。」青磁皺著眉頭說，然後好像失去興趣般把頭轉到一旁，抓著鞦韆的鐵鍊站起身，用力開始盪。

我自己也很驚訝。雖然之前就知道不戴口罩會感到很不自在，但完全沒想到已經惡化到不戴口罩就會嘔吐的程度。

現在的我也許沒有口罩，就無法出門了。這絕對就是依存症，可能實際情況比我自己想像的更加危險。

公園內只有青磁盪鞦韆發出嘰嘰的聲音。

我也坐在鞦韆上輕輕盪了起來。

身體輕輕搖晃，我抬頭看著天空，然後閉上眼睛。

耳邊傳來微風吹動樹梢的聲音。

還有蟬鳴的聲音，不知道哪一所學校的鈴聲，以及汽車在遠處國道上行駛的聲音。

這個世界上充斥著各種聲音，只是我之前都沒有傾聽。我現在才發現這麼理所當然的事。

我正在想這些事，放在口袋裡的手機震動起來。

我立刻被拉回現實。

我慌忙拿出手機，確認手機螢幕。是媽媽打來的。

「喂？」

我的聲音在顫抖。

『茜！？妳在哪裡？在幹什麼？』

聽到媽媽的聲音，我感到渾身發冷。

「我在……公園。」

『什麼？這是怎麼回事？』

我無法說出合理的解釋，我不可能告訴媽媽，因為忘了戴口罩，無法搭電車，沒辦法去學校。

『妳的班導師打電話來，說妳還沒有去學校。』

「嗯，對不起……」

『怎麼回事？妳該不會蹺課？老師說，如果不請假就缺席，可能會因為違反校規，需要接受特別指導。萬一變成這樣怎麼辦？』

「……」

『一定會對妳考大學有影響。妳到底在想什麼？真搞不懂妳……』

我想不到藉口，就只能一個勁地重複「對不起」。

『總之，妳現在馬上去學校。沒問題吧？我會這麼告訴老師。』

「好。」

『真搞不懂……我還以為妳不是這種孩子。玲奈和哥哥已經讓媽媽很傷腦筋了，至少妳不要再給我添亂。』

「……嗯，真的對不起。」

我知道媽媽在電話的另一端用力嘆氣。

『那我就掛電話了，其他的事，等妳回家再說。』

「嗯……啊，媽媽，等一下。」

『還有什麼事？』

「呃，我現在和班上的同學深川在一起，妳打電話給老師的時候，可不可以順便跟老師說一聲？」

媽媽在聽到我這句話的瞬間，立刻陷入沉默。

我正在納悶是怎麼回事，媽媽突然問我：『那個同學是男生嗎？』我遲疑了一下，我不想說謊，而且認為沒必要掩飾，就老實回答說「嗯」。

『……原來是這樣。妳和男生一起蹺課？……妳到底在想什麼？真受不了妳。』

聽到媽媽這麼說，我知道她誤會了，慌忙解釋說：「不是妳想的那樣。」

但媽媽似乎認為我只是在辯解，無奈地說：『算了，妳趕快去學校。』然後立刻掛上電話。

我的手機仍然放在耳邊，茫然地愣在那裡。
青磁放棄了鞦韆，撿起公園地上的棒球丟向空中玩耍，詫異地轉頭看著我問：
「什麼？怎麼了？」
「沒事……」
「妳的臉並不像沒事。」
「就是沒事嘛！」
我心煩意亂，忍不住大聲回答。青磁聳聳肩，沒有再說話。
「我要去學校……」
「啊？妳沒事嗎？」
「我沒事。」
「妳的臉色還很蒼白。」
雖然仍不舒服，還有反胃的感覺。
但是我必須去學校。
「……你別管我。」

我小聲嘀咕。青磁聳聳肩說：「好、好。」

我跳下鞦韆，拿起書包邁開步伐，青磁和我保持一小段距離，跟在我身後。

即使加快腳步，也已經遲到了。

我感受著風，放慢腳步。

我怔怔地看著天空，突然想到一件事，轉頭問青磁：

「青磁，我問你。」

「啊？」

「你為什麼會在那裡？」

如果我沒有記錯，我記得青磁家離這裡有三站。我曾經聽他和別人說過這件事，而且早上搭電車上學時，也好幾次看到他在那個車站上車，但他今天早上為什麼會在那個車站前？

我目不轉睛地盯著他，他突然回答說：「散步。」

「啊？散步？」

「有問題嗎？」

他狠狠瞪著我。我搖頭說：

「我並不是說有什麼問題。」

「但妳臉上的表情就在這麼說。」青磁有點不悅地說。

我很受不了。這簡直就像在和小學生說話。心真的很累。

「我每天早上上去學校前都會散步。」

「是喔……在這附近嗎？」

「不，會去很多地方，有時候這裡，有時候那裡，想到哪裡就去哪裡。」

「喔。」

真是怪胎。雖然我早就知道他是怪胎，但每天一大清早就散步，簡直就像老人。

「妳不覺得最美嗎？」

往車站的方向走了一段路，青磁突然這麼說，我聽不懂這句話的意思，於是問他是什麼意思。

青磁看著天空回答說：

「因為我覺得早晨的城市最寧靜、最美麗。」

我從來沒有想過這種事，從來沒有想過城市在哪一個時段最美。

更何況我從來不覺得這個城市有什麼美。

城市就只是在這裡。從以前到現在都在這裡，從現在到未來也都會在這裡，我生活在這個城市，就只是這樣而已。

「我問妳，妳真的要去學校嗎？」

青磁又突然問道。他的話題一直在變，我有點難以應付。

「要去啊，當然要去。」

「為什麼？」

「為什麼……什麼意思？」

青磁停下腳步，那對玻璃珠般的眼睛看著我問：

「妳為什麼要去學校？」

我也從來沒有想過這個問題，我想了一下後回答說：

「……因為必須要上學，所以要去學校。」

青磁不悅地說：

「這算什麼回答？難道不是想去學校而去嗎？」

想去學校而去？想不想去學校，和去上學有什麼關係？

我沒有吭氣，青磁輕輕咂著嘴，不悅地把頭轉到一旁。

「無聊，真是莫名其妙的傢伙。」

什麼？我皺起眉頭。

青磁那雙玻璃珠子眼睛映照著清澈的藍天，氣鼓鼓地說：

「如果想去而去，我還能理解，但妳是因為必須要上學，所以才去學校嗎？是因為別人叫妳去學校，所以妳才去學校嗎？是這樣嗎？」

我搞不懂他為什麼這樣生氣。

我說了什麼奇怪的話嗎？我說的話很奇怪嗎？

我說了什麼話，讓別人說我無聊，說我很莫名其妙，罵得這麼難聽？

我相信每個人都是因為不得不去學校，所以才去上學，難道青磁不是嗎？

雖然我很想問他，但看到他毫不掩飾對我的不耐煩，我也忍不住火大起來。我不想再和他說話，也不想再看到他。

「我不知道。」

我用力回答，結束談話，然後丟下他，快步走了起來。

青磁仍然我行我素，邁著悠閒的腳步，打量著周圍，走在我後方。

「我真的很討厭妳。」

他竟然深有感慨地說這種惹毛別人的話，雖然我已經習慣了，但還是很火大，在抵達學校之前，我再也沒有回頭看他一眼。

容不下我

「好熱……」

還是大清早，我走出家門，走到車站才十分鐘左右，已經熱得我脖子和後背都流汗了。

從太陽穴流下來的汗水積在口罩邊緣，口罩都濕了。雖然極不舒服，但我不能拿下口罩。

雖然現在是暑假，但我的生活並沒有過得比較輕鬆。因為我參加了升學輔導。

幾乎所有的同學都報名參加上午的國文、數學和英文課，但下午的自然和社會課，全班只有十個人左右參加。

難得放暑假，竟然整天都去學校上課。沙耶香覺得我是怪胎，但其實是因為如果我在家，根本沒辦法好好讀書，因此即使大熱天，還是去學校上課比較好。

但每天連續上五堂主要科目的課真的超累人。

平時在學校上課時，中間會穿插體育課或是家政課這些學習實用技能的課，所以可以放鬆心情。如果一整天都上主要科目，必須專心聽老師上課，還要抄筆記，壓力大得超乎想像。而且暑假期間採用特別課表，一堂課有六十五分鐘，和平時五十分鐘的課相比，感覺超漫長。

上完一天的課，精疲力盡地回到家後，媽媽又要我幫忙做很多家事。每天要預習和複習很多功課，而且又有大量暑假作業，必須花時間讀書。即使想利用週六、週日集中複習，玲奈又纏著我「陪我玩、陪我玩」，根本沒辦法專心。

最近，我有時候很想大喊大叫。

我很想乾脆徹底放棄。

算了，我並不會真的這麼做。即使產生想要大叫的衝動，也只是低頭閉上眼睛片刻，只要忍耐一下，這種衝動就會消失了。

走進車站，經過驗票口，走下月台等電車。

地鐵的車站內還是悶熱難耐，讓人心生厭倦。

我拿出手機，打開即時通訊的應用程式，找到班級的群組，發現我昨天晚上傳訊息之後，有好幾個同學回覆了，但看了每一個回覆後，心情鬱悶起來。

昨天補習結束後，班導師找我，對我說『要認真著手文化祭的準備工作了』。班導師希望我這個班長發揮領導力，請班上的同學動起來。

時間真的過得很快，轉眼之間已經八月，離文化祭只剩下一個月。

中元節假期的那個星期放假，等到暑假結束再開始準備的確太晚了，如果不現在就開始進行，真的會來不及。

於是我昨天晚上，在班級群組內發了訊息。

『差不多該開始進行文化祭的準備工作了，請大家明天下午一點在教室集合！』

大家的回答令人失望。

『我明天有事，沒辦法去學校！』

『對不起，我去不了！』

『我這個星期的行程都已經安排好了。』

我並不感到意外。

任何人都覺得暑假特地去學校很麻煩，而且天氣又這麼熱，誰願意在中午時間去學校？

但是社團活動幾乎都從早上練到中午，而且也有不少人上午要補習，不可能一大清早就來學校為文化祭做準備工作。

唉。我嘆了一口氣。

雖然有幾個人願意來學校，但想到這幾個人做不了多少事，心情就很憂鬱。如果各組的組長不來學校，根本不知道要進行什麼作業，或是要買什麼材料。

也許我從下週開始，必須放棄下午的輔導課，然後專心投入文化祭的準備工作。我先去拜託各科的老師，然後再個別聯絡大道具組和小道具組的組長，請他們盡可能每天來學校，指示其他組員該做哪些事。

我一路上想著這些事，很快就到了學校。今天也像往常一樣開始輔導。

昨晚因為預習沒有完成，直到半夜三點才睡，課上到一半，我就很想睡。我用自動鉛筆的筆尖刺在食指的指甲邊緣，總算克服睡意。

這是我最近學到的擊退睡魔法。我發現指甲周圍的神經很敏銳，容易感到疼痛，在讀書想睡或是無法專心時，就用這種方法。

最近我都讀書到深夜，雖然早上想睡得晚一點，但一大早就被玲奈的聲音吵醒。幾乎每天都是這樣，因此用筆刺指甲邊緣的頻率明顯增加。

雖然我很小心不要刺得太用力，但不知道是否因為次數太多的關係，指甲周圍滲出了淡淡的血。

回家後要消毒一下。正當我這麼想時，突然被老師點到名。

「丹羽，妳來回答這個問題。」

我慌忙站了起來，看著黑板。

但我根本沒有認真聽老師上課，所以不知道目前上到哪裡，也不知道要回答什麼問題。

「對不起，我不知道……」

老師聽了我的回答，驚訝地皺起眉頭。

「嗯？怎麼可能？這是基本問題，丹羽，這題很簡單，妳應該知道答案。」

我無可奈何地鞠了一躬回答：

「對不起，我剛才沒有認真聽。」

所有人都悄悄地同時看了過來。

我下意識地把口罩拉高，遮到眼睛下方。

老師驚訝地瞪大眼睛，然後無奈地聳聳肩說：

「喂喂喂，太難得了，妳怎麼了？丹羽，妳振作一點。妳這樣怎麼能夠當大家的榜樣呢？」

我只是普通的學生，為什麼要當別人的榜樣？

但是我也不是不能理解老師的想法，身為班長，的確不應該在上課時打瞌睡或是發呆，我從小學開始，就經常當班長，根據至今為止的經驗，也能夠想像老師的想法。

「對不起，我會專心。」

我戴著口罩道歉，聽到老師說「坐下吧」，我輕輕嘆氣，坐了下來。

我又用自動鉛筆的筆尖刺向指甲邊緣，讓自己可以更專心聽課。

終於勉強撐完了這天的輔導課，想到這種生活還要持續將近一個月，就覺得眼前一片黑暗。

下午的課程結束，走進教室時，看到有五、六個同學已經到了。

「謝謝你們來學校。」

雖然我這麼說，但環顧教室後，內心感到洩氣。

完全沒有人在為文化祭做準備。

這幾個同學都很老實乖巧，雖然來教室集合，但不是在看手機，就是在看書，完全沒有做事。

其中一個人看著我，好像在辯解似地說：

「不好意思，雖然我們來了，但不知道要做什麼，正在等妳。」

我微笑著點點頭說：「是啊，我才對你們不好意思，雖然請你們來教室集合，但自己還在上課，我想大家也都有點不知所措。你們來到學校，卻浪費了你們的時間，真的很抱歉。」

雖然我嘴上這麼說，但心裡很不以為然。為什麼所有事都要我指示？

我只是總指揮，不可能瞭解所有的狀況，指示每一個人要做什麼工作，我希望能夠按照大道具組或是服裝組，分別完全各自的工作。

雖然我有很多話想說，但我當然不可能抱怨已經來學校的這些同學，所以只能把話吞下去。

「那就請各個小組先完成必須要做的事……」

「但是組長沒有來，我們也不知道要做什麼。」

「這樣啊……」

同學沒有看我一眼，繼續用手機玩遊戲。我忍不住有點傻眼。既然來到學校，至少應該先開始做一些力所能及的事。

正當教室內的氣氛漸漸沉重時，教室的門打開了。

「喔，大家已經開始了啊。」

班導師面帶笑容走進來。

「咦？只有這幾個人？」

「對。」老師聽到我的回答，皺起眉頭。

「喂喂喂，這樣沒問題嗎？劇本完成了嗎？」

「沒有。我問過負責劇本的兩個同學，他們說後半部分還沒有完成。他們已經交了前半部分，等一下要請老師幫忙影印每人一份。」

「這當然沒有問題，但只完成了一半……只剩下一個月了，不是差不多該對台詞、練習各自的角色了嗎？」

「是啊……」

「演主角的兩個同學呢？」

「啊，他們今天都有事，沒辦法來學校。」

「喂喂……既然是舞台劇，主角不在，不是就沒辦法練習嗎？其他主要角色也要到場，丹羽，妳要通知這些同學。」

「好。」雖然我點點頭，但心情很沉重。

我很希望由老師對同學說這些話，我很難要求班上的同學「要排練劇本，所以一定要來學校」。

「那就拜託妳了。」

「好。」我再次回答，然後老師就走出教室。

不知道其他人有沒有聽到我和老師的對話，他們都一副事不關己的表情。

我喘不過氣，很想拿下口罩，大口呼吸。我悄悄走出教室，走去沒有人的地方。當我來到不必擔心被別人看到的樓梯下方，輕輕拉起口罩。

沒有經過口罩過濾的空氣新鮮涼爽。

我繼續站在樓梯下方，聽到有人走下樓梯的腳步聲。我慌忙戴好口罩，想要走回走廊。

我還來不及走出去，一個影子出現在眼前。抬頭一看，走下樓梯的人背對著從轉角處大窗戶照進來的陽光，正低頭看著我。

「喂。」

因為逆光的關係，看不清楚他的臉，但聽到他的聲音，聽到他粗魯的語氣，我立刻知道他是誰。

「……青磁。」

我忍不住嘀咕，他邁著輕盈的腳步走下樓梯，然後一口氣跳下最後兩級階梯，站在我面前。

「茜，妳在這裡幹什麼？」

「沒有……」

「喔？」

青磁側著頭問，但看起來似乎並沒有太大的興趣。他沒有再說話，瞇眼抬頭看向轉角處的窗戶。

他在制服外穿了一件寬鬆的黑色T恤，T恤上沾滿了顏料，看起來五彩繽紛。

「社團嗎？」

雖然我對他的事也沒什麼興趣，但無法忍受眼前沉默問道。

「一看不就知道了嗎？」
青磁用不屑的語氣回答。我雖然很火大，但沒力氣反駁。
「不要問妳根本沒興趣的事。」
「……」
你也對我沒有興趣，剛才還不是問我在幹什麼？
「那只是客套話嗎？真無聊。」
這個人為什麼總是用這種討人厭的方式說話？
我很生氣，但想到如果當真和他爭吵，只會讓自己更累，於是沒再說什麼，轉頭看向一旁。
這時，我突然想到青磁並沒有加入班上的群組。
不要說智慧型手機，他連智障型手機都沒有。
據說理由很簡單，就是他認為「我不需要」。
我想到是不是要告訴他：「我們正在教室為文化祭做準備」？
我認為身為班長，應該通知他，而且要告訴他「人手不足，請你來幫忙」。
但是我最後什麼都不想說，沉默不語。

因為即使青磁來了，我也不認為他會幫忙，只會讓氣氛更差，更何況我認為即使拜託他，他也不會來，八成會回答：「啊？好麻煩，我怎麼可能去參加？」然後就沒了下文。與其聽了讓自己心情更差，還不如什麼都不說。

「……那我先走了。」

我沒有看他，說完這句話就走向教室的方向。

雖然我覺得青磁好像看著我，但我想應該是心理作用。

★

「各位演員，可不可以來集合一下？」

這一天，走進教室時，發現比平時的人數更多。

我幾乎每天都在群組內三催四請，要求大家一定要來學校，但為了避免大家覺得我很煩，每次都很小心地使用不同的措詞。我的努力終於有了回報。我暗自竊喜，對舞台劇的演員說：

「老師要求我們確認一下走位。」

演公主的友里亞和演王子的健斗滑著手機走過來，其他演員也都意興闌珊地慢吞吞走過來。

為什麼只有我一個人這麼擔心？我暗自這麼想，對他們說：

「大家手上都有劇本了，對嗎？」

「嗯，我有。」

「啊，我還沒有。」

「那這本先給你。我覺得差不多該開始正式排練了，否則恐怕會來不及。」

「喔，也對，還有兩個星期？到時候就要正式上台表演了。」

「真的假的，這麼快啊。」

「對啊，所以今天先對台詞，然後請大家記住台詞，明天開始確認走位，同時練習演技。」

我一口氣說完，健斗露出為難的表情說：

「欸，等一下，我明天已經安排好要出去玩了。」

「……這樣啊，那就沒辦法了，那就從後天開始……」

「茜，對不起，我家後天要去家庭旅行！」

友里亞合起雙手向我道歉。

啊？反問的聲音衝到了喉嚨口，好不容易才忍住。

「……這樣啊，既然是家庭旅行，那也沒辦法了。」

我很擔心臉上的笑容僵硬，但笑容僵硬時，通常都是嘴角和臉頰很不自然，只要戴著口罩就沒問題。

其他演員也接連說自己有事，或是要參加社團活動，讓我更加焦急和煩躁。

怎麼辦？這樣下去真的會來不及。

到目前為止，完全沒有好好排練過一次，如果無法安排出全員到齊的時間，很可能變成沒有經過總彩排，就直接上台演出。

我想找老師商量，但老師每次都說「交給妳了」，根本不當一回事。

為了克制內心的動搖，我開口說：

「……今天幾乎所有人都到齊了，就先來對台詞，男女主角不在的話就沒辦法對台詞。」

「好。」

「那就兩點整準時開始，你們先確認各自的台詞，最好能夠記住。」

「我們會努力。」

確認他們翻開劇本後，我走出了教室。

並不是只要關心演員的事，還要確認大道具、小道具和服裝組的進度。

我去看看他們的進度，原本以為他們坐在地上作業，沒想到他們手都沒有動，不是在聊天，就是用手機看影片或是玩遊戲。

「……怎麼樣？進展順利嗎？」

「啊，茜。嗯，剛才停止作業了。」

「為什麼？」

「因為顏料用完了。」

「那就趕快去買。」

「但要有腳踏車才能去買啊，我們都搭電車來上學，所以沒辦法買。宗平騎腳踏車來學校，只能找他幫忙。」

「宗平在哪裡？」

「他去吃午餐了。」

「這樣啊。」我回答的聲音太小聲，在口罩中消失了。我無法再說什麼，走出了教室。

準備工作完全沒有進展，繼續看下去只會讓自己痛苦。

怎麼辦？為什麼大家無法帶著危機感和責任感，認真做準備工作和排練？

我該怎麼辦？

這時，手機發出收到訊息的聲音。我從口袋裡拿出手機。

『今天早點回家去接玲奈，拜託了。』

是媽媽傳來的訊息，還附了笑臉的貼圖。

我已經跟媽媽說了好幾次，目前學校很忙，但媽媽覺得目前是暑假，所以我很閒，整天要我做很多事。「媽媽偶爾也要放鬆一下。」媽媽這麼說，然後要我照顧玲奈，但什麼時候才輪到我放鬆？

我咬著嘴唇，克制著內心的感情起伏，呼吸越來越急促，我無意識地看著自己的手指。

左手手指的指甲周圍已經傷痕累累。

這一個月期間，這個奇怪的習慣已經改不掉了。

我經常用自動鉛筆的筆尖刺向指甲周圍，有時候會用力刮，直到流血為止。

當食指滿是傷痕，沒有地方可刺時，就改向中指，然後是無名指，漸漸移向其他手指。上週末，左手的手指全都是傷，現在連右手的食指也出現了傷痕。

我在走廊上走了幾步，離開教室後，拿出口袋裡的自動鉛筆，握在左手上，刺向右手食指的指甲邊緣。

因為不是慣用手，所以無法順利掌握力道，刺得比我想像中更深。疼痛好像電流般從指尖擴散到手臂，經過脖頸，傳向腦部，同時感覺到皮膚被刺破，鮮血滲了出來。

好痛。超級痛。

但是，我可以感覺到這種疼痛讓我起伏的內心漸漸平靜下來。在內心翻騰的黑暗負面情緒也慢慢消失了。

深一點，更深一點。我內心產生了這樣的想法，無法克制衝動，握著鉛筆的手更加用力。

噗嘰。筆尖用力刺進指甲邊緣，一陣麻木貫穿腦袋。

劇烈的疼痛讓我覺得其他所有的事都不再重要。這種感覺讓我感到舒服自在。

我也知道這種狀態不太好。

但是，腦袋所想的事，和內心的感受不一樣。即使明知道這種行為很危險，內心還是渴求疼痛。

比起腦袋發出的指令，身體對內心的渴求更加忠實。

我彎腰靠在牆上，專心地刺自己的手指，左手突然懸在半空中。

啊？我瞪大眼睛抬起頭，發現有人握住我的手腕。我抬起視線看過去，發現青磁一臉可怕的表情站在那裡。

「……喂、呃，你幹嘛？」

我條件反射地試圖甩開他的手，但他比想像中更用力抓住我，根本甩不開他。

「……我才要問妳在幹嘛？」青磁低聲問道。

我感到背脊發涼，用右手拚命想要掙脫他的手，但我舉起的右手也一下子被他抓住了。

「放……幹嘛？放開我，你要幹嘛？」

雙手都被他抓住，和他之間的距離一下子變得很近。

陌生的香氣飄進鼻子。好像混合了柑橘和嫩葉的清新香氣從稍微歪掉的口罩縫隙鑽了進來。

我的心臟用力跳動。

好久沒有聞到自己以外的其他人的氣味了。

青磁的臉就在我的面前，我可以看到他的睫毛長度。那雙好看的細長眼睛注視著我。

他堅挺的鼻子、形狀好看的嘴唇、光滑的皮膚和尖下巴，都俊美得讓人生氣。

我不想再看他的臉，即使被他抓住了雙手，仍然把臉轉到一旁。

「……全都是血。」

青磁用力注視著我握著鉛筆的左手指尖，喃喃地說。

「是妳自己弄的吧？」

我沒有義務回答他，便沒有吭氣。

青磁似乎認為這代表肯定的意思，無奈地嘆著氣說：

「妳腦筋有問題嗎？」

青磁握住我左手手腕的右手突然用力，因為被他握得很緊，我只好鬆開了拳頭。

原本握在手上的自動鉛筆卡沙一聲掉在地上。

「……」

我說不出話，低下頭，注視著好像死了一樣躺在地上不動的自動鉛筆。

青磁咂著嘴說：

「看到妳，真的會很煩躁。」

「那你不要看我就好了啊。」

既然這麼討厭我，不要看我就好了，更不要找我說話。

我也不想看到你，也不想進入你的視野，當然更不想和你說話，是你自己找上門。

「妳為什麼要這麼做？」

「沒為什麼……」

「是因為文化祭的準備工作嗎？」

我驚訝地抬起雙眼。

青磁挑起眉毛，似乎在說「我就知道」。

「八成是文化祭的準備工作不如預期，妳在擔心萬一來不及該怎麼辦。」

我說不出話。我覺得一旦說了，他會像平時一樣，說什麼「無聊死了，準備工作根本不重要」，或是「即使來不及，又不會死」這種粗暴的話。

沒想到青磁接下來說的話出乎我的意料。

「我完全不知道這件事，原來你們在教室做準備。」

「呃……」

「我剛才經過教室才知道這件事。妳為什麼沒告訴我？上次遇到時，妳可以叫我去幫忙啊。妳上次不是說了嗎？要我一起幫忙。」

我好像說過這句話。我記得是在班會討論文化祭的那天放學後。已經是快兩個月前的事了，我完全沒想到青磁竟然記得這件事，難掩臉上的驚訝。

「妳怎麼會這樣？」他用很受不了的聲音說道。

我不知道他這句話是什麼意思，微微歪著頭納悶。青磁咂著嘴，用力抓住我的手說：

「走吧。」

「啊？」

要去哪裡？我還來不及問這句話，就被青磁拉著手，跌跌撞撞地走了起來。

青磁毫不猶豫地邁著大步走在前面，一頭銀白色的頭髮飄動。

放開我。我的嘴唇嘀咕著，用力想把自己的手拉回來，但根本無法掙脫。

我們來到教室門口。

我不想進去。我內心湧起這種想法。我不想看到大家，也不想看到準備完全沒有進度。

我忍不住停下腳步，青磁被我拉住了，挑起眉毛，轉頭看著我。

「喂，茜！」

「……」

「進去嘍。」

即使我說「不要」，青磁也不可能理我。

我低下頭，看著積了灰塵的走廊，和已經褪色的室內鞋。

我聽到教室門嘎啦一聲打開的聲音。

「呃，咦？青磁？」

「是青磁！」

「哇噢，真的假的？」

教室內頓時響起好幾個聲音。

他之前從來不曾參加文化祭的準備工作，突然走進教室，大家當然會驚訝。

「嗨，好久不見。」

青磁仍然抓著我的手，走進教室。

「咦？茜？」

「我還在想妳去了哪裡，沒想到去把青磁抓來了。」

我不置可否地笑笑，青磁鬆開抓住我的手，在教室內繞了一圈。

接著，他不悅地聳聳肩膀：

「喂喂喂，這是怎麼回事？根本沒有進度啊。你們根本什麼都沒有準備，只是來這裡滑手機嗎？」

其他人聽了青磁的話，都有些尷尬。

我忍不住開口：

「……喂，青磁，你不要用這種說話方式……」

「啊？這種說話方式是怎樣的說話方式？我只是實話實說而已。」

「但是——」

「囉嗦，閉嘴啦。」

青磁狠狠瞪了我一眼，然後轉頭看向其他人。

「我問你們，現在到底是什麼狀況？根本什麼都沒完成啊。你們不是每天都在準備嗎？雖然我沒資格說這些，因為我根本沒來。」

「那個啊，」其中一個女生聽了青磁的話，嘟著嘴說：「因為組長沒來，不知道該做什麼。」

「所以組長不來，你們就什麼都不做嗎？如果在正式表演之前都沒來，你們就什麼都不做嗎？」

「沒有啦……我並不是這個意思。」

那個女生吞吞吐吐，低下頭。青磁低頭看著她，嘆了一口氣，突然說：

「真是拿你們沒辦法，既然你們是無法自己思考該做什麼的笨蛋，那就由我來發號施令。」

所有人的視線都集中在青磁身上，教室內沒有人滑手機了。

啊？我很想問是怎麼回事，但拚命忍住了，注視著青磁。

「我是說，因為我之前都沒有參加準備工作，所以要加倍出力，有意見嗎？」青磁抱著雙臂，目中無人地說。

為什麼是你發號施令？我本來想問他，但看到大家都在點頭，什麼話都說不出來了。

「好，那就趕快行動。既然要演舞台劇，演員最重要。你們演看看。」

青磁一屁股坐在旁邊的椅子上，用下巴指揮著演員。

兩名主角互看著，尷尬地看著青磁說：

「突然要我們演，也不知道該怎麼……」

「而且也完全沒有背台詞。」

「啊？真的假的？那可以看劇本，先演看看。」

他們聽了青磁的話，很不甘願地開始演。果然不出所料，他們只是站在原地看著劇本唸台詞。看到他們甚至不知道該站在哪裡，我的口罩內充滿了嘆息。

除了我以外的所有人都搞不清楚狀況。

坐在我旁邊的青磁看了一會兒之後，皺著眉頭揚起下巴，然後打斷他們生硬的演技，插嘴說：

「喂喂喂，真的假的，太爛了！你們打算在全校學生面前演這齣戲嗎？未免太遜了吧。」他一如往常地直言不諱大罵道。

我在一旁提心吊膽，很擔心其他人會受傷，沒想到那些演員難為情地笑了笑說：「是啊。」

「真是拿你們沒辦法，那就由我來當導演，教你們演戲。你們這些三流演員，趕快給我站好！」

即使青磁說得這麼過分，他們也都笑著聽從他的指揮。

怎麼可能？我瞪大眼睛打量周圍，發現演員以外的同學也在不知不覺中開始討論，做起準備工作。

教室內充滿活力，很有文化祭前夕的味道。

「為什麼？」我站在正中央茫然地喃喃問道。

為什麼大家都聽青磁的指揮？

我那麼拚命拜託大家，大家也都不願動起來，青磁這麼蠻橫毒舌，大家為什麼會聽他的話？

內心湧起的情緒支配全身，我痛苦得幾乎無法呼吸。

我悄悄走出教室，不讓別人察覺，然後把手伸進口袋。

但是我沒有找到想要找的東西，然後才想起被青磁拿走了。

無奈之下，我只能用右手的指甲用力掐左手的指尖。

一陣疼痛後，血流了出來。看到鮮紅的血，我的呼吸稍微順暢了些。

我靠在牆壁上，怔怔地凝視著天花板上的污漬，然後身體慢慢滑下去，蹲在走廊上。

我把臉埋進膝蓋之間，等待起伏的心情漸漸平靜，但是感情的漩渦遲遲無法平靜。

起伏的情緒滿溢，從胸口深處湧上來，即將變成嗚咽和淚水。我拚命克制著。

嗚嗚。我輕輕呻吟著，抱住頭。眼角發熱。我用力閉上眼睛，忍住了差一點流下來的淚水。

門內的教室和剛才不同，充滿熱鬧和活力，不時響起叫喚青磁的聲音。

完全沒有人叫我。我之前那麼努力，但沒有人需要我。

我用力握住拳頭，指甲刺進手掌，感覺很痛。
我很痛苦。我很想離開，離開這裡去其他地方。
但是，我無法去任何地方。因為我必須在這裡。
但是，我已經受不了了。我很痛苦，很難受。
「喂！」
頭上傳來一個聲音。
「茜。」
我無法抬頭。
我不想讓這個傢伙看到我的眼淚，看到我的脆弱。
「……謝謝你、指揮大家。」
我好不容易擠出了這句話。
青磁沒有回答。
「你幫了我、很大的忙……真的。」
我的聲音哽咽，無法繼續說下去，喉嚨深處發出了咻的聲音。
「……那我先走了。」

我不想繼續留在這裡，不想繼續看到青磁，於是低著頭，緩緩站了起來。

我轉過身，準備走向走廊深處，但是他突然從後方抓住我的手，我重心不穩，只能停下腳步。

「幹嘛？」我沒有回頭，只是開口問他。

青磁不發一語，抓住我手臂的手用力。

「幹嘛？放開我。」我稍微提高了音量。

「妳說啊。」青磁說。

「啊？」我聽不懂這句話的意思，抬眼瞥向他。

「妳說啊。」

「……啊？你說什麼？」

「我叫妳說啊。」

「你要我說什麼？」

「全部都說出來啊。」

他的話太莫名其妙了，我抬頭看著青磁。

他那雙深不見底、宛如清澈玻璃珠的奇妙眼睛，在陽光下閃著銀色光芒的瀏海之間直視著我，看得我心裡發毛。

他張開薄唇。

從兩片薄唇縫隙中吐出的話朝向我飛撲而來。

「妳想說什麼就說出來。妳把內心的想法說出來。」

我驚訝得說不出話。

他在說什麼？他為什麼說這種話？

青磁看到我沉默不語，嚴肅地瞪著我。

「妳不要像傻瓜一樣不說話，所以妳才會這麼差勁。」

傻瓜？差勁？我為什麼要挨他的罵？

我這麼想著，皺起眉頭看著青磁，他不悅地咂著嘴說：

「為什麼妳可以把內心的想法寫在臉上，卻沒辦法說出來？」

他焦躁不安地說。

那是理所當然的事。只有小孩子的時候，才能夠想到什麼就說什麼。我和你不一樣，不會若無其事地把會傷害別人的話說出口。

雖然我很想對他這麼說，但想到教室內的其他同學，當然就無法說出口。

因為他們難得認真做事，如果我和青磁在這裡吵架，無疑等於向他們潑冷水。

我努力克制激動的情緒，青磁冷冷地注視我。

「妳以為像這樣默默忍受，」青磁說話的聲音也很冷漠，「什麼都不說，只要默默忍耐，別人遲早會察覺嗎？」

青磁右側嘴角微微上揚，不以為然地輕輕笑著問：

「妳以為別人遲早會察覺妳的痛苦，然後協助妳、幫助妳嗎？」

他的話很冷漠。他說話的內容比他的視線、比他的聲音更冷冷地刺進了我的心。

青磁把我的手拉到他面前，用力握緊我滿是傷痕的手指。

「好痛。」我忍不住輕輕叫了起來，但青磁無情地繼續用力。

「妳是不是在想，我一個人這麼努力，是不是很了不起。我這麼努力，但誰都沒有發現，太過分了。我這麼痛苦，你們看，這些傷痕就是最好的證明。」

我覺得好像有大量冰水從頭上淋了下來。

他說的話太殘酷了。

「不要自以為是悲劇的女主角。」青磁不肯罷休地繼續冷冷說道。

我覺得心臟周圍的保護牆應聲崩潰。

他憑什麼對我說這些話？我為什麼要被他罵得體無完膚？即使他討厭我，說這些話也太過分了。

他故意說這些會傷害我的話。青磁為什麼對我這麼殘酷？

「大家對妳，對妳的心情根本沒有興趣。」

青磁不屑地說。

「每個人都只關心自己，根本不會認真考慮別人的事。沒有人認真看妳，無論妳再怎麼忍耐，再怎麼痛苦，都不會有人發現妳的痛苦。即使妳默默忍受，也是白白忍受，白白忍受。」

不行，我無法繼續忍受了。

我的視野模糊，忍不住發出嗚咽。

「所以如果妳想說什麼，就趕快說出來，如果妳不說，就不會有人知道。」

我當然知道。因為我不希望別人瞭解，才什麼都不說。

「喂，妳說啊，妳叫出來啊。把妳想說的話都大聲叫出來。」

青磁在說話的同時抓住我的肩膀，然後面對教室。

「希望別人知道的事，如果不說出口，別人就不可能知道。如果妳不說，別人一輩子都無法知道，該說的事就要說出來！大聲叫出來！來，就是現在，就在這裡，大聲叫出來！」

青磁用力拍我的背，一直要我大聲叫出來。

我用力搖著頭。

我說不出口。我沒辦法說出口。

如果我把內心的想法說出來，把該說的話說出來，也許又會變成之前那樣，或許又會像那一次那樣。一定會變成那樣。

因此我沒辦法說出口。就算想說，還是得把話吞下去，努力克制。

「……管我。」

我抽抽噎噎，隨著吐氣從嘴裡發出的聲音沙啞而顫抖。

「什麼？」青磁不悅地反問。

你這種人不可能瞭解我的心情。像你這種整天隨心所欲地說話的人，像你這種能夠為所欲為的人不可能瞭解我。

「……不要管我！！」

我大聲喝斥，推開青磁跑開。

我無法繼續留在這裡。我不想繼續留在這裡。

源源不斷

我怔怔地看著舞台上的彩排，想著明天就是文化祭了。汗水從太陽穴流了下來。雖然已是九月，但天氣仍然很熱。體育館內，二樓的窗戶和出入口的門全都敞開著，但仍然很不通風，悶熱的濕氣散不出去。

「動作大致上沒問題。」

青磁小聲嘟噥著。他坐在不遠處，和我一樣看著同學的彩排，然後對著舞台上的演員大聲說：

「接下來是台詞！你們聲音太小聲了，根本聽不到，要用丹田發音！」

「好！」看到那些同學異口同聲地回答，我覺得有點頭暈眼花。

我們班表演的節目漸漸離開了我的手。我的存在變得越來越稀薄。

即使我不在這裡，八成也不會有任何問題。即使沒有我，班級也照常運作，而且舞台劇應該會很成功。我很清楚，我沒必要留在這裡，這代表根本沒有人需要我。

但是，我仍然死皮賴臉地留在這裡。我只是在這裡而已，只是站在這裡而已。

即使如此，我仍然無法離開這裡。因為一旦離開，我會失去自己在班上的存在意義，也會失去在班上的容身之處。

手機在口袋裡震動。拿出來一看，是媽媽傳來訊息。『今天也不能去接玲奈嗎？』

當然沒辦法啊，要說多少次才知道？我很想這麼回答，但還是努力克制下來，在手機上輸入：『對不起，今天很忙，沒辦法。』

雖然我根本不忙，雖然只是傻傻地在青磁身旁，但我無法離開這裡。

「喔，大家都很認真啊。」

背後突然傳來聲音。回頭一看，班導師站在那裡。

「暑假的時候還很擔心，不知道會怎麼樣，現在看來應該沒問題。」

老師看著彩排的情況，露出滿意的笑容，我含含糊糊地點點頭說：「是啊。」

「不愧是丹羽，幸好妳是班長。」

我感到胸口發痛。

「不。」我緩緩抬起眼睛說，但聲音太小聲，被舞台上兩名主角叫老師的聲音淹沒了。

不。這不是我的功勞，是青磁在指揮大家排練。

我必須誠實向老師報告，但老師轉過身，走向舞台的方向。

體育館外的蟬鳴聲傳進來。蟬鳴聲很吵，簡直就像在耳朵旁發出叫聲。我覺得視野搖晃，忍不住緩緩蹲下。

「茜。」

眼前有一個影子。

是青磁。

從上方窗戶照進來的耀眼陽光中，他的頭髮透明而美麗，簡直讓人生氣。

「……幹嘛？」

我低聲回答，青磁挑起眉毛問：

「妳在生什麼氣？」

「我沒有生氣。」

「妳明明在生氣。傻瓜，我看得出來。」

吵死了。無論蟬還是青磁，還有彩排的聲音都吵死了。

「……別管我。」

我用壓抑的聲音回答，抱著膝蓋低下頭。汗水聚集在口罩邊緣，口罩都濕了，感覺很不舒服。

「妳不舒服嗎？」青磁沒有感情的聲音問。

「沒有。」我簡短回答，沒有力氣再多說話。

「這樣啊，那就好。」

聽到摩擦的聲音，我發現青磁在我身旁坐下。

「妳有認真看彩排嗎？」

「……我有啊。」

「怎麼樣？妳站在班長的角度，有沒有什麼話要說？」

「……我怎麼可能有話要說？」隔著口罩的聲音聽起來總是很模糊。「你決定吧，你覺得沒問題就好。」

「啊？」青磁發出不悅的聲音，但也許我已經習慣他的這種聲音，已經無感了。

「什麼意思啊？難道妳打算丟下不管嗎？」

聽到他語帶責備地說，我忍不住嘆著氣。

「才不是這樣。只是……現在比起我，大家不是更依賴你嗎？大家都聽你的話，所以你可以按照你的方式指導。」

我說出內心的想法，青磁心浮氣躁地用指尖彈著地板。

「真搞不懂妳，為什麼會這樣？」

即使他挑釁我，我也完全沒有感覺。

最近我心如止水，無論他說什麼，我都不會生氣，無論發生任何事，我都不會傷心難過。

同樣的，我也不再感到開心和快樂。

我的心情就像無風無浪的海面，平坦而寧靜。

但是，刺傷指尖的習慣遲遲無法改正。

如果被青磁看到，他會取笑我或是唸我，所以我在學校時不會再這麼做。

我心不在焉地看了一會兒，彩排結束了，確認大家紛紛從舞台上下來，我悄悄走出體育館。

「茜。」

聽到叫聲，我轉頭一看。

青磁站在連通走廊的正中央。

那雙像透明玻璃珠般的眼睛目不轉睛地看著我。

「什麼事？」

我冷冷地回答，突然發現了一件事。

青磁身上的襯衫下襬有鮮紅的污漬，看起來像血一樣。我忍不住上前一步確認。仔細一看，發現是顏料，洩氣地放鬆肩膀。

我想起青磁是美術社團的成員，也知道暑假期間，在他還沒有來班上幫忙之前，就會來學校。

「……美術社在文化祭時有什麼節目嗎？」

我在問話的同時，在心裡想著，當然會有節目。

文化祭是藝術文化社團每年一度發表成果的活動，他們當然不可能錯過這個機會。

「畫展。」

青磁直視著我，明確地回答。

「要舉辦畫展，就在舊館一樓深處，美術室前的走廊上。」

「這樣啊。」我只能這麼回答。

我對美術沒有興趣，對青磁的畫沒有興趣，但是我主動問他這個問題，聽了他的回答後沒反應很奇怪，於是我對他說了聲：「加油嘍」，就逃也似地離開了。

面對青磁很痛苦。

無論是他太俊美的臉，還是閃著銀色的頭髮，或是那雙直視的眼睛，以及吸引他人、指揮他人的強勢。

我缺乏這所有的一切，因此令我感到痛苦。

★

前一晚下的雨已經停了，但早晨的街道到處都濕濕的。

走向學校的腳步很沉重。

我低頭看著地面，緩慢地走在路上，發現前面有一個水窪，反射著雨雲散去後的藍色天空。

我不顧自己的樂福鞋會弄髒，故意踩進水窪，破壞了天空的倒影。

我重重地吐了一口氣，繼續向前走。

今天是文化祭的日子，走在路上的其他學生看起來都興高采烈，比平時說話更大聲，臉上也都帶著笑容。

這些高中生在早晨的陽光照射下閃閃發亮。

戴著口罩，低頭走路的自己混在其中，顯得很格格不入。我忍不住這麼想。雖然這麼想，但仍然低著頭，默默走進校門。

教室內充滿歡聲笑語，每個人都比平時更開朗，甚至對即將正式上台表演的緊張感樂在其中。

只有我不一樣。我無法融入其中。

我坐立難安，走去廁所，在開幕式開始之前，我都一直躲在廁所小隔間內。

上午的時候，各班都將在體育館表演舞台劇。

我們班的男女主角原本就很受歡迎，所以舞台劇的演出盛況空前。

我是舞台劇的導演，既沒有在劇中扮演任何角色，也不需要做任何工作，只要坐在觀眾席上看表演。不知道是否因為這樣，即使看到他們為表演順利結束歡天喜地的樣子，我也完全不覺得在看自己班上的表演，反而有一種自己是局外人的感覺。

青磁身處這片歡喜的中心。在正式上台表演之前，他充分發揮指揮作用，今天還完成了舞台燈光的工作，和我這個局外人完全相反。

我只是遠遠地看著班上同學，覺得自己終究還是沒有融入這個團體。

我感到喘不過氣。

所有舞台劇都演完了，學生都三五成群地走出體育館。我也隨著人潮走向教室所在的那棟樓。

周圍歡快的聲音很吵，我很想捂住耳朵。

接下來是自由去參觀各個教室展覽的時間，大家都興奮地討論著要和誰一起去參觀，要去哪一間教室參觀。

走廊和教室都佈置得五彩繽紛，有的情侶一起去鬼屋，也有一群人在玩遊戲。

眼前完全是一片歡樂景象，為什麼我的心情這麼差？

我無法呼吸。很痛苦。身體很沉重。無法動彈。

我停下腳步，站在走廊的正中央，被人從後方撞了一下，我重心不穩，踉蹌了幾步，跌倒在地上。

撞到我的男生沒有看我一眼，只說了一聲「啊，不好意思」，就和同學開心地勾肩搭背離開了。

雖然有幾個女生問我：「妳還好嗎？」但我不想被別人看到臉，於是立刻把頭低了下來。

我茫然地癱坐在地上片刻，隨即發現會擋路，搖搖晃晃站起來。

我無法繼續留在這裡，本能地走向沒有人的地方。我被人潮推著緩緩走在長長的走廊上，在遠離人群後，來到連通走廊。

舊館沒有教室舉辦展覽，通往舊館的走廊上沒有人。我想要擺脫窒息的感覺，不由自主地走去舊館。

所以，我完全沒有想到。

我完全沒想到美術室在連通走廊前方，也沒想到那裡展示著美術社的作品。

我更沒想到會在那裡看到青磁的畫，我的世界會因此改變。

那時候，我完全沒有想到。

★

隨著我一步一步向前走，文化祭的喧鬧在背後越來越遠。

我好像被世界遺忘，身處和大家不同的世界，這件事讓我產生一絲孤獨和巨大的安心感。

我終於可以呼吸了。

確認四下無人後，我稍微拉開口罩，用力呼吸著。

我站在那裡呼吸一會兒，突然發現一件事。

我正站在舊館的入口，抬頭望去，只見筆直的走廊向前延伸。

我被走廊前方的東西吸引，回過神時，發現已經情不自禁走過去。

走廊右側的一排窗戶一直延伸到深處，明亮的陽光從窗戶照進來，在地板和牆上投下很深的陰影。

左側原本是一排特別教室的門和窗戶，如今所有的門窗都被塗了白色油漆的夾板蓋住了。從右側窗戶照進來的陽光，照在等間隔掛在牆上的畫框上。

我被眼前夢幻的感覺吸引。

窗外的陽光對此刻的我而言，未免太明亮，我轉身背對陽光，欣賞著左側的畫緩緩邁步。

雖然我看不懂畫得好不好，但知道每一幅畫都畫得很用心，看到貼在作品旁的說明內容，得知我正在看的是一年級女生的作品。

我看著那幅畫良久，不經意地抬起頭。

這時，在視野角落感受到耀眼的光芒。

光芒比陽光更加、更加強烈。

我情不自禁轉頭看向那裡。

走廊最深處，走廊盡頭的牆壁上掛著一幅很大的畫。

畫框內是一幅美麗的畫，我從來沒有見過這麼美的畫。

整個畫面都是灰色的雲，宛如陰沉的昏暗世界，但有一道耀眼的光從灰色中帶著一抹藍色的雲層縫隙中筆直地灑下。

畫面簡潔，就只有灰色的雲，和從雲縫中灑落的白光而已。

我不知道為什麼。

這幅畫讓我感受到巨大的衝擊，好像胸口被用力揪住。在看到這幅畫的瞬間，我就被深深吸引，完全說不出話。

沉重的烏雲縫隙中透出壓倒性的明亮陽光，淡淡地照亮周圍的雲。白色的陽光被雲遮擋，分成好幾道，但沒有晃動，也沒有扭曲，而是直直地照向地面。

那些光就像是希望。

希望的光痛快地撕開絕望的世界，陽光溫柔而寧靜，筆直地灑落在這個世界。

這幅畫美得令人驚嘆。

我的雙眼無法離開這幅畫。

我忘了呼吸，目不轉睛地注視著畫。

噗通噗通噗通噗通。劇烈的心跳聲簡直有點吵。

窗戶的蟬鳴、文化祭的喧鬧都完全聽不到了，只有寧靜溫柔的光和我在這裡。

當我回過神時，發現自己坐在地上，茫然地抬頭看著那幅畫。

我感覺臉頰涼涼的，伸手摸摸眼睛下方，發現淚水流下來。奪眶而出的眼淚順著臉頰滑落，滑入口罩的邊緣，弄濕了口罩。

原來我哭了。我的腦海閃過這個念頭。

雖然我不知道自己為什麼哭，但看著那幅畫，內心起伏不已，淚水情不自禁地流了下來。連我自己都覺得很好笑，然後輕聲笑了起來。

我有多久沒哭了？

我有多久沒笑了？

這不是硬擠出來的假笑，我有多久沒有發自內心笑了？我想不起來。

不知道從什麼時候開始，即使我看感人的小說，或是純愛的電影都不會流淚，無論看電視或是漫畫都笑不出來。

我隱約覺得自己可能已經心死。

雖然我自己並沒有意識到，但我的心可能不知道什麼時候停止了呼吸。

但是，因為看了這幅畫，我的心又復活了。

我的視線緩緩移向左側，那裡的牆上也掛了好幾幅天空的畫。

飄著淡淡藍紫色朝霞的天空中，淡淡透明的白色月亮。

一望無際，萬里無雲的藍天。

鮮豔橘色的晚霞。

懸在藍色夜空中的圓月發出耀眼的光芒，月光照亮海面和沙灘，沙子在月光下閃著亮光。

我被美麗的天空包圍著。

淚水不停地順著臉頰滑落。

這些畫作深深吸引著我，創作者的名牌上只寫了『深川 青磁』。

這些畫是青磁畫的。青磁的畫深深打動了我將死的心。

原來青磁看到的天空這麼美麗。原來那雙像玻璃珠般的雙眼看到的世界如此美麗。

我坐在地上，凝視著青磁的畫。我透過青磁的眼睛看世界。

只有一幅畫和其他的畫不同。

米白色的牆上，有一扇冷冰冰的鋁窗。窗戶外的天空交織著藍色、紫色、黃色和橘色等複雜的色彩。

窗戶外的這片美麗的天空讓我產生了一種好像胸口被勒緊般的痛苦。

這幅畫太不可思議了。

「……妳在幹嘛？」

我完全沉浸在眼前的畫中，突然聽到說話聲，我的肩膀抖了一下。

回頭一看，青磁站在灑滿陽光的白色走廊正中央。

窗戶吹進來的風拂起了他一頭白髮，在陽光下閃著銀光。

他太耀眼了，我忍不住瞇起眼睛。

「茜，妳為什麼坐在這裡？」

我無法像平時一樣回答說：沒為什麼。

我茫然地注視著他，他詫異地緩緩靠近，然後在我面前蹲下，驚訝地瞪大眼睛。

「……妳為什麼哭了？」

我第一次看到他這樣的表情。

「妳肚子痛嗎？」

「沒有。」我小聲回答。

「你的……」

當我接著說話時，近在眼前的那雙玻璃珠眼睛再次改變了眼神。

「因為你的畫實在太美了……」

我坦誠地說出了內心的想法，連自己都感到驚訝。

我指著走廊盡頭那幅名為『光』的畫，又重複了一次。

「我看著這幅畫，就忍不住流下眼淚。」

青磁也順著我手指的方向，抬頭看著那幅畫。

我們站在一起，注視著他的畫。

不一會兒，身旁響起了輕輕的笑聲。轉頭一看，發現青磁揚起嘴角看著我。

他笑著半開玩笑地說，我靜靜地回答說：

「因為我是天才。」

「對……你是天才。」

青磁出乎意料地瞪大眼睛。

我只是說出了內心的真實想法。他的的確確具備了天賦的才華。

我對美術一竅不通，也搞不懂什麼是出色的畫，什麼是拙劣的畫。

即使如此，我仍然知道青磁的畫具備了震撼人心的強大力量，就像他的為人，具備自由奔放的獨特力量，能夠吸引他人的心和眼光。

即使對畫一竅不通的人也知道，他一定是天才。

所以他的畫才能如此深深打動我的心。

「妳為什麼突然……」

青磁難得不知所措，我忍不住看得出了神。

「怎麼回事？」他皺起眉頭問：「這不像妳。」

「什麼叫這不像我？」

「因為，妳不是討厭我嗎？每次看到我，都會皺起眉頭。」

我有點驚訝。難道青磁也具備這種洞悉別人內心微妙感情的能力，知道別人討厭他嗎？

他總是我行我素，完全不在意他人，我以為他無法瞭解別人的心情。

我這麼想著，再次看向他的畫。

他的畫很美，很細膩，卻又帶著一絲惆悵。

但是，他也的確畫出了看到美景的喜悅。

他的畫中交織了各種不同的感情。

青磁並不是沒有感情的人，我之前看錯了他。

「我不是討厭你，只是覺得合不來。」

我托著腮，抬頭看著他的畫對他說：

「你和我完全相反……。你總是直言不諱，為所欲為，不會勉強自己做不想做的事。你的這種個性讓我無所適從。」

「哼哼，」青磁用鼻孔噴氣，歪著頭說：「是妳有問題吧，妳想說的話也不敢說出口，想做的事也不敢做，全都忍著不說、忍著不做，無聊死了。」

他看穿了我。

無法對他這雙像玻璃珠般透明正直的眼睛說謊，因為他的眼睛不會說謊。

所以青磁看到的風景如此美麗。

我整天說謊，眼睛也變得混濁，看不到美麗的事物。

「——青磁，原來你看到的世界這麼美麗。」

我喃喃說著，青磁瞇眼笑了。

「好啦。」

他突然說了這句話，猛然站起來。

他背對著從窗戶照進來的陽光，站在逆光中的影子向我伸出手。

「我要帶妳去看整個世界。」

★

「喂，青磁……」

他靈巧地在堆起的紙箱和教材之間鑽來鑽去，我對著他瘦瘦高高的背影叫了一聲。

「這裡是不是資料室？」

拉上窗簾的昏暗室內有灰塵的味道。

我們從美術室所在的舊館一樓走上樓梯，來到四樓。

舊館沒有任何教室，應該沒有學生會來這裡的四樓。

據我的觀察，這個房間像是倉庫，專門堆放舊資料和不再使用的課本。

「可以隨便走進這種地方嗎？」

我擔心校方禁止學生進入這裡，所以不安地問青磁，青磁不加思索地回答：「誰知道啊，但那又有什麼關係？學校是大家的，沒有什麼地方不可以去。」

「這是什麼歪理……你這個人真的很我行我素。」

「這有什麼不好嗎？我只是做我想做的事而已。」

青磁不以為意地說，我很受不了他。我覺得認真和他討論這些問題根本是對牛彈琴，於是不再說話。

青磁已經穿越堆滿雜物的房間，站在窗戶前。

嘩地一聲，青磁拉開窗簾，陽光照進了原本昏暗的房間。

刺眼的陽光讓我忍不住瞇起眼睛，青磁看著我笑了笑，然後嘎啦一聲，打開窗戶。

窗外一片藍天。

雖然很理所當然，但不知道為什麼，這個事實令我極度震驚。我一定忘記了窗外是天空這個事實。

我深受吸引地走向窗前，雙手放在窗框上看著天空。晴朗的藍天萬里無雲。

「昨晚還下了雨，今天竟然放晴了。」

站在身旁的青磁說。我轉頭看著他，發現他笑得很開心。

他低頭看著我說：「那走吧。」

就這樣結束了？我還想繼續看天空。

正當我這麼想時，青磁做出了意外的舉動。他「嘿喲！」一聲越過窗框，跳到陽台上。

「你在幹什麼？」我不禁抓住他的襯衫，青磁反手抓住我的手，笑著指著正上方說：

「要爬上去。」

這裡是舊館的頂樓，他在說什麼啊？我正感到納悶，他用力抓住我的手，把我也拉到了陽台上。

「啊，喂，危險……」

我扶著他的肩膀，被他拉著跨過窗框。

「來，妳抓住這裡。」

他把從陽台爬到屋頂的逃生繩梯遞到我面前。抬頭一看，發現只有逃生時才會打開的緊急出口的鎖打開了，可以自由爬上屋頂。八成是青磁打開的。

「好，我們要爬上去嘍。」

啊？我還來不及反問，青磁已經順著繩梯，手腳俐落地開始往上爬。我茫然地看著他，他低頭看著我，然後揚起嘴角問：

「怎麼了？妳害怕嗎？妳平時說話都很囂張，難道光說不練嗎？」

我火冒三丈，狠狠瞪著他。

「才這麼點高度，我當然可以爬上去。」

我不服輸地回答後，忍不住有點後悔。

雖然我沒有懼高症，但沿著搖晃不已的繩梯從四樓爬上屋頂，需要的勇氣超乎想像。

「這樣啊，那妳就爬上來啊。」青磁大聲笑著，語帶調侃地說。

太火大了。這個傢伙總是把別人當傻瓜。

內心的煩躁變成動力，我抓著繩梯，爬上校舍的牆壁。

「動作快一點。」

頭頂上傳來青磁的聲音，他在屋頂上看著我。

「趕快來這裡，趕快追上我。」

他抱著雙臂，張開雙腳站在那裡，目中無人地說。

他撂話要別人追他的樣子很神氣。

「我馬上就可以追上你。」

雖然我耍著嘴皮爬上去，但接下來不知道該怎麼辦。

「真是服了妳。」青磁說著，雙手抓住我的手腕。「我把妳拉上來，妳小心別摔下去。」

我還來不及回答，青磁已經用全身的力氣把我的身體拉起來。

我頓時覺得整個身體好像懸在空中。

青磁看起來很瘦，沒想到他力氣這麼大。我產生了這種很不符合眼前狀況的感想。

當我回過神時，發現自己已經坐在屋頂上了。

「唉，妳真是有夠重。」

青磁轉動著肩膀說，我打了他的肩膀說：「白痴，你很煩欸。」

「傻瓜，很痛欸。」

「白痴，你很煩。」

「我只是實話實說而已，妳這個胖子。」

「你是小孩子嗎？不知道有些話可以說，有些話不能說嗎？」

我們就像是小學生在吵架，突然覺得很幼稚，忍不住笑起來。

青磁就像是小孩子，我也受他的影響，變成了小孩子。

我呵呵笑著站起來，青磁舉起手，指向我的後方。我順著他手指的方向往後看。

那裡是一大片藍色。

放眼望去，三百六十度的藍天包圍著我。

我不禁倒吸一口氣。我第一次用這種方式看天空。

這一帶都沒有高大的建築物，四樓校舍的屋頂是最高的地方。

完全沒有任何東西擋住視野，無論看哪裡，都只看到天空。

那是和青磁畫筆下相同的美麗天空。

原來是這樣。我在心中嘀咕。

剛才看那幅畫時，我以為青磁能夠看到美麗的天空，但我看不到美好的事物。

但其實我想錯了。

美麗的風景就在身邊，隨時都在那裡。

我只是沒有看這些風景，根本沒有放眼看這些風景。

美麗的世界隨時都在那裡。

「怎麼樣？世界是不是很遼闊？」

呵呵。青磁笑著說。

「又不是你的世界，你有什麼好神氣的？」

眼前的這片藍天讓我心曠神怡，但我還是不願服輸地說。

「傻瓜。」青磁笑著說，「這個世界就是我的，我看到的世界全都屬於我。」

這傢伙又在自說自話了。我很受不了他。

「茜。」他叫著我的名字。

回頭一看，青磁露出從來不曾見過的平靜眼神注視著我。

然後，他指著眼前這片無邊無際的景色，露齒一笑說：

「這個世界也是妳的。」

意想不到的話，讓我瞪大眼睛。

「……你在胡說什麼？這個世界不是屬於你嗎？」

這是青磁前一刻才說的話。

他聽了我的回答後點點頭，然後繼續說：

「世界既屬於我，也屬於妳。」

「啊？」

「而且，也同時是別人的。」

青磁緩緩微笑，站在屋頂邊緣，低頭看著世界。

「任何人看到的世界都屬於他，每個人所看到的世界和別人不一樣，只屬於看到的那個人。難道不是嗎？」

他用力張開雙手，閃著銀光的頭髮隨風飄動的背影，彷彿即將起飛的白鳥。

「所以，妳所看到的這個世界完完全全屬於妳。」
別鬼扯了。我很想一笑置之，卻無法這麼說。
青磁說的話雖然前所未聞，但深深刺進我的心，在我內心漸漸擴散。
我也和青磁一樣站在屋頂邊緣，眺望著眼前的景象。
藍天邊緣的顏色稍微變淡，西方的天空帶著一抹淡淡的黃色。
學校的操場、校門前的林蔭道、車來車往的國道、好像網眼般的巷道，以及巷道內無數的房子。有無數的人生活在這些房子內，還有遠處街道上林立的高樓。
這個世界屬於我。
我以前從來不曾這麼想過。
但是，當帶著這一切都屬於自己的心情打量此情此景，就覺得眼前的一切如此可愛，實在太不可思議了。
原來如此。我恍然大悟。
難怪青磁的畫這麼美。因為他覺得這是屬於他的世界，他帶著這種想法注視這個世界，發現了許許多多美好的事物。

站在我身旁的青磁帶著微笑，仰望著天空。

他那雙像玻璃珠的眼睛映照著蔚藍的天空。

他的眼神充滿了對世界的愛。

所以從青磁的眼睛看出去的世界如此美麗。站在青磁身旁看世界，即使我黯然的雙眼，也可以看到美麗的世界。

文化祭的喧鬧似乎已經遠離，只聽到隱約的聲音。

我陷入一種錯覺，彷彿只有我和青磁兩個人身處這個遼闊的世界，忍不住笑了。

沒想到偏偏和這種傢伙，偏偏和我最討厭的傢伙兩個人身處這個世界。

「妳在笑什麼？」

我按住口罩，努力忍著笑，但似乎仍然被他發現了。

「沒事。」

我呵呵笑著回答，青磁瞇起眼睛，然後把頭轉到一旁。

「我第一次……看到妳笑。」青磁幽幽地說。

「咦？」我瞪大眼睛，歪著頭納悶。

「我從來沒有看過妳笑。」

他的一頭白髮隨風飄動。

「沒這種事……」

我歪著頭回答。青磁在說什麼？

真要說的話，我幾乎隨時都面帶笑容。同學也經常說我『妳總是帶著笑容』，只要在教室的時候，我隨時都保持笑容。

沒想到他竟然說從來沒有看過我笑，這是怎麼回事？難道他的意思是，我從來沒有對他露出笑容嗎？

「當然有這種事。妳沒有笑過，至少在高中期間，從來沒有笑過。」

我啞然無語，看著青磁問：

「什麼意思……」

他看起來不像在開玩笑，難得露出嚴肅的表情望著我。

「因為妳平時的都是假笑。」

我的心臟用力跳動。

「……啊？你在說什麼？我才沒有……假笑，只是很正常地笑。」

我戴著口罩的臉抽搐著。

我將視線從青磁身上移開，發現原本美麗的風景消失了。

「妳不要掩飾，我看得出來。」他絲毫不在意我的慌亂，輕描淡寫地說。

「妳就算不開心、不高興，也還是會露出笑容。即使難過、生氣的時候也會笑。」

我無言以對，低下頭。

我看著自己慘不忍睹的手指。手指沾到了血，傷痕累累。

「無論心情再差，也總是笑嘻嘻，不敢得罪別人。我最討厭妳這一點。」

青磁的話就像一把銳利的冰刀，接連刺向我。

「我最討厭妳虛偽的笑容，每次看到，就覺得很火大。」

我發現他看穿了我。

他那雙沒有一絲模糊、像玻璃珠般的眼睛太透明，一定可以看透一切。

青磁發現我至今為止，都是在扮演自己。

我沒有吭氣，只聽到咚的腳步聲，青磁站在我面前。

「其實，妳的那種笑容……」

他說到一半，沒有繼續說下去。

「什麼？」我問道，但他閉口不語。

青磁沉默片刻，突然開口說：

「……妳的生活方式有太多謊言了。」

謊言。這兩個字刺進我心裡。

但我的內心也同時湧現了反感。

我並沒有說謊，只是識時務，是在察言觀色。

我很小心翼翼，避免影響別人的心情、激怒別人，或是傷害別人。我只是很努力不說和別人不同的話，不做和別人不一樣的事而已。

因為生活在團體中，就必須這樣。如果不這麼做，就會遭到排斥，就完蛋了。

像青磁那種人無法瞭解，但對我來說，這是頭等大事。

「想說什麼就說出來，只要做自己想做的事，不要整天看別人的臉色，壓抑自己。」

青磁目中無人地抱著雙臂，站在我面前，毫不留情地對我說這些傷人的話。

「一直說謊欺騙自己不是很累嗎？明明不想笑，卻整天擠出笑容不是會很厭世嗎？妳繼續這樣下去，遲早會崩壞。」

他抓住了我的手，看著我滿是傷痕的手指。

「為了一些根本不重要的事，把自己弄成這樣……妳真是個傻瓜。」

我想甩開他的手，用力把手縮回來，但我做不到。

「說吧，如果有想說的話，就用自己的嘴巴說出來。」

青磁好像在命令般大聲說道。

他的態度太囂張了，我無法順從地聽他的指示。我默默注視著他，青磁竟然難過地皺起眉頭。

「時間……人生並不是永遠的。」

風吹過我們兩人之間。

青磁的頭髮和襯衫的下襬被風吹起來。

「時間並不會永遠持續下去，人生總有一天會結束，但妳要像現在這樣浪費人生嗎？」

青磁握著我手臂的手很用力。

「時間有限，人生總有一天要結束，妳卻在壓抑自己，默默忍受，忍耐著過自己的人生嗎？」

我覺得他好像一把揪住了我的心。

我從來沒有這樣想過。

我在浪費時間，浪費人生嗎？我之前都在浪費嗎？

我不知道。雖然不覺得自己的人生很有意義，但也不覺得在浪費。

即使這樣──

「我們的時間並不會永遠持續下去。」

青磁深有感慨地說的這句話縈繞在我耳邊。

「所以，妳想說什麼就要說出來，把至今為止壓抑在內心的話全都說出來。說吧，現在馬上就說。」

他突然這麼要求，我無法做到。

我無法動彈，無法說話。

青磁皺著眉頭，低頭看著我，然後將視線移向我滲著血跡的指尖，接著，又看著我的臉。

那雙像玻璃珠的眼睛靜靜注視著我，然後視線微微下移，停在我的口罩上。

「……拿下來。」青磁以可怕的表情對我說。

「妳把口罩拿下來。」

我下意識地用手按住口罩，用力搖著頭。

青磁更加嚴肅，他咂了一下舌，準備拉開我按住口罩的手，我慌忙後退。

「住手，這件事我做不到。」

「啊？為什麼？」

「沒為什麼，反正就是沒辦法。」

對我來說，拿下口罩就像是逼我脫衣服。我絕對不可能在這裡拿下口罩，露出我的臉。

「妳從早到晚都戴著口罩遮住臉，真的太噁心！」

青磁說了好幾次「太噁心」。

我怒不可遏。

他根本不瞭解我的狀況。我也不想整天戴著口罩，我也不想自己無法拿下口罩。

「……都怪你啊。」我忍不住脫口嘀咕。

「啊？」青磁挑起眉毛。

雖然我原本並不打算提這件事，但既然脫口而出，就無法再克制了。

「……是你害我變成這樣！」

青磁抱著手臂，以可怕的神情默默注視著我。

我看他沒有反駁，繼續說：

「你說你討厭我，因為這樣我才無法拿下口罩！！」

我一口氣說道，已經停不下來了。

之前從來沒有對任何人說過，一直深藏在內心的想法就像潰堤般傾瀉而出。

「我……努力做好每一件事，努力不惹任何人討厭。總是面帶笑容，親切待人，避免別人討厭我，但你那天說討厭我……」

我至今仍然無法忘記當時的衝擊。

那時候我和青磁才剛分到同一班，彼此還不是很瞭解對方，他就當著我的面說：『我超討厭妳！』我受到極大的衝擊。

雖然當時我努力掩飾，沒有理會他。

不久之後，我剛好感冒了。由於嚴重咳嗽，於是戴口罩上學。一個星期後，感冒終於好了，但我仍然戴著口罩。因為我無法拿下口罩。

那次之後，我就整天戴著口罩。無論天氣再熱，即使是上體育課的時候，或是吃便當時，我仍然戴著口罩。

我低下頭，雙手捂著臉。口罩發出沙沙的聲音。

「都怪你……我才會……」

「怪我？」

青磁開口，打斷我無力的嘆息。

「不是吧？」

他的聲音很冷漠。

原本我還帶著一絲期待，以為他會向我道歉，聽到他這麼說，忍不住抬起頭。

青磁的雙眼比平時更加透明、更加平靜。

「怎麼可以怪我呢？要怪妳自己啊。」

他說得太過分了，我忍不住倒吸一口氣。這個人難道完全沒有罪惡感嗎？

「妳無法拿下口罩，不是要怪妳自己嗎？這是妳自己的問題，不要把責任推卸到別人頭上。」

「……」

「妳無法承認這件事，整天在逃避，所以才會一直這樣，像傻瓜一樣依存口罩。」

「……」

「這薄薄的幾層紙根本沒辦法保護妳。」

我當然知道。我很想這麼反駁他，但我說不出話。

青磁的話就像是限制住我的自由，我只能癱坐在那裡，仰頭看著他。

「只有妳能夠保護妳自己，只有妳能夠保護妳的心。」

我深受打擊，青磁的話像箭一樣射向我。

「妳要負起責任保護自己，在崩潰倒下之前，要自己保護自己的心。不要整天擺出一副好像受害者的態度，不要整天只會演忍耐這一招。」

擺出受害者的態度。只會演忍耐這一招。

他簡直就像落井下石的冷酷話語讓我的理智線斷裂。

「……搞什麼啊？你憑什麼對我這樣惡言相向？」

我知道自己的聲音在發抖。雖然我知道自己很丟臉，但仍然無法停下來。

「你知道什麼！？像你這種我行我素、為所欲為的人，怎麼可能瞭解我的痛苦！！」

我希望他向我道歉，說他自以為瞭解我。

但是，青磁很受不了地聳聳肩說：

「唉，妳又擺出一副受害者的態度嗎？又要扮演妳擅長的悲劇女主角嗎？」

他不屑地說著，低頭看著我。

我怒火攻心，眼前一片發白，完全無法思考。

「煩死了！」我大叫起來，「這有什麼辦法……因為我只能用這種方式生存！！不管是不是假笑，反正如果我不保持笑容，就無法和大家打成一片！！」

「怎麼可能有這種事？誰說的？只是妳這麼以為而已？」

「你又怎麼知道！？你不知道吧？你根本不瞭解我！你根本不知道我曾經遭遇什麼……」

我把後面的話吞下去，瞪著青磁。
「……你根本不瞭解狀況，不要說一些自以為是的話！！」
在我大叫的瞬間，青磁輕輕一笑。
太生氣了。我這麼努力，這麼生氣，你為什麼可以笑得這麼開心？
「你在笑什麼……你看不起我嗎！？搞什麼啊，青磁，你這個白痴！！」
我無法控制激動的情緒，用拳頭打他。
青磁仍然笑著。
「怎樣啊！你想怎樣啊！真是太火大了！我最討厭你了！！」
「是喔。」
「什麼意思啊？你不要把我當傻瓜！」
「因為妳就是傻瓜啊。」
「……呃！」
不知道為什麼，眼淚忍不住流下來。
太奇怪了，我已經好幾年沒有在別人面前哭了。
一定是因為剛才看了青磁的畫流淚，淚腺出了問題。

「青磁，你這個白痴！！」

我對著天空大叫，青磁哈哈大笑著。

「沒錯，就要這樣！茜，妳說吧，把內心生氣的事全都說出來。這裡不會被別人聽到。」

「你不是在這裡嗎！」

我的聲音帶著哭腔，感覺很丟臉。

「我是特別的人。」青磁神氣地揚起下巴說。

他認為自己很特別，自然地認為自己很特別的個性也讓我生氣。

「茜，如果妳內心有什麼想法，就可以說出來。不管對方是誰，只要讓妳感到生氣，妳就可以說自己很生氣，我會聽妳說。」

即使你聽了也無法解決任何問題，更何況不該說的話就是不能說出口。

我這麼想著。雖然這麼想，但不知道為什麼，在青磁的清澈眼神注視下，我情不自禁開了口。

「……所有人都讓我生氣，什麼事情都推給我……」

啊啊，終於說出來了。我忍耐了很久、很久。

「無論是班上的同學，還是老師都讓我生氣！只會抱怨，只會提要求，卻完全不幫忙，完全不願意協助！！」

我終於打開心鎖，終於被青磁撬開了。

不，不對，是我自己打開的。

我一定一直期待可以打開心靈的鎖，卻遲遲無法打開，拚命克制著快要溢出來的強烈感情，但已經無法再繼續克制。

所以我真的快崩潰了。

青磁助我一臂之力。他為我創造契機，讓我打開心鎖，讓我的心獲得解放。

「這不就說了嗎？」

青磁輕鬆撬開我內心那把牢固的鎖，此刻帶著心滿意足的笑容看著我。

「應該還有吧。說吧，繼續說吧。」

心鎖一旦打開，就無法再封閉壓抑已久的感情和話語。

「我也很氣媽媽……她什麼事都要我幫忙。我自己也有很多事要忙！整天照顧玲奈，我根本沒時間讀書！」

我不可以說這種話。媽媽也很辛苦，而且我是玲奈的姊姊，當然應該幫忙照顧她。

雖然我明白這些道理，但從很久以前，我就無法克制內心對媽媽心生反感。我一直在忍耐，不敢讓家人知道內心這種醜陋的感情。

「玲奈也很不識相！我在讀書的時候就不要來吵我！要稍微聽我的話！！」

我討厭自己對玲奈也有怨言。她是和我有血緣關係的親妹妹，我竟然覺得照顧她很煩，簡直是個壞姊姊。

但是，當我對著晴朗的天空大喊，我發現內心糾結的感情得到淨化，心情變輕鬆了。

一望無際的天空即使聽了我這些負面的吶喊，仍然不為所動，依然燦爛晴朗，我有一種被巨大力量包圍的安心感。

也許這正是我所缺少的。

也許我之前一直無法說出壓抑在內心深處的感情，才會那麼痛苦，才會感到窒息。

因為大聲叫喊，所以有點喘，我稍微拉起口罩。新鮮的空氣直接進入肺部，我感到頭腦清晰起來。

「哥哥也是！到底打算窩在家裡多久？差不多該醒醒了！如果還不清醒，

至少幫忙做一點家事！不要整天一副事不關己的態度，笨蛋！！」

雖然我不知道哥哥在學校發生什麼事，他可能真的很痛苦。

但我希望哥哥可以邁向新的階段，如果不想去之前的學校，可以轉學，或是讀函授學校，應該有很多解決方法。

我不想再看到哥哥整天窩在家裡，不希望看到他無所事事。哥哥小時候很會踢足球，而且也很會照顧人，哥哥讓我感到很驕傲，朋友也都羨慕我有一個好哥哥。

「還有爸爸！」

我第一次叫「爸爸」。我想應該是因為爸爸不在眼前，我才能這麼叫他。

「爸爸……我對爸爸沒有不滿！謝謝你總是很關心我！以後我們要更常聊天！！」

我要主動和爸爸聊天，然後努力叫他「爸爸」，要當面叫他。

我抬頭看著吸收了我吶喊的藍天，聽到身旁的青磁忍不住笑出來的聲音。

「……你笑什麼？」

「沒有啊，因為，」青磁拚命忍著笑說，「妳對妳爸沒有不滿嗎？」

「有什麼關係嘛？」我有點難為情，把頭轉到一旁。「……其實我很感謝媽媽。她每天都要上班，還幫我做便當。謝謝媽媽！我以後會繼續幫忙做家事！！」

「搞什麼？所以妳還是要幫忙做家事？」

「玲奈很可愛，很療癒，謝謝！我最愛玲奈了！哥哥……嗯，哥哥還要更努力！」

青磁再次噗哧一聲笑了。

「啊啊，太好笑了。」

看到青磁肩膀顫抖，笑得眼淚都流出來，連我都覺得很好笑。

我發出笑聲，最後終於無法克制，也跟著放聲大笑起來。

「呵呵。」

青磁笑著躺在屋頂上，我也和他一樣躺了下來。

藍天佔滿了整個視野。

我的心情很晴朗。我已經多久沒有感受這種爽快的心情了？

雖然有點不甘心，但這是青磁的功勞。

我瞥向青磁，發現青磁看著我。之前不喜歡他那雙玻璃珠般的眼睛，現在很坦誠地覺得那雙眼睛很漂亮。

「要不要把口罩拿下來？」

雖然青磁輕鬆地問，但我立刻回答說：「不行。」

「啊？為什麼？妳剛才已經把想說的話都說出來了，應該可以拿下口罩了吧。」

「那是兩回事。」

「是同一件事啊。」

「對我來說不一樣！」

我還是無法想像自己不戴口罩，口罩已經成為我的一部分。我不想被任何人看到我不戴口罩的樣子。

這種想法絲毫沒有改變。

「……是喔，那好吧。」

青磁在頭頂上方握著雙手，仰望著天空。

「今天就先這樣吧。」

他一臉嚴肅地說，我覺得很好笑，噗哧一笑。

「你以為你是誰啊。」

「我是青磁大人啊。」

青磁一如往常地神氣回答，然後陷入了沉默。

轉頭一看，發現他閉上眼睛躺在那裡。

他的指尖好像在打拍子般輕輕晃動。我沒來由地覺得青磁正在傾聽天空的聲音。

我也能聽到嗎？我這麼想著，閉上了眼睛，但什麼都聽不到。我覺得那是因為戴著口罩，才無法聽到。

『妳無法拿下口罩，不是要怪妳自己嗎？』

青磁剛才說的話在我的耳邊響起。

雖然剛才很生氣地反駁他，但其實我知道，他說得沒錯。我是因為自己的原因，才會導致口罩依存症。我很久之前就知道了。

但是我無法坦承這件事。我不願意承認自己內心的脆弱。

我覺得今天因為青磁的關係，讓我有了小小的改變。

但是，我離不開口罩的感情太強烈，太根深蒂固，完全沒有消失。

有朝一日，我能夠拿下口罩嗎？

我至今仍然不知道這個問題的答案。

心曠神怡

走過教學樓的走廊，經過兩側都有陽光灑入的連通走廊後，進入了舊館。放學後學生的聲音越來越遠，安詳的寧靜籠罩，我可以感受到自己全身漸漸放鬆。

雖然都在同一所學校內，但每次一走進舊館，就好像踏進另一個世界。我愛上了這種心曠神怡的感覺，在文化祭結束之後，每天放學後都會來這裡。

走向舊館深處，油畫顏料的氣味越來越濃。

「午安。」

我打招呼後，打開美術室的門。從門縫中向內張望，發現美術社的成員一如往常地各做各的事。

雖然美術社有超過二十名成員，但每次來到美術室時，看到的都是五張老面孔，少的時候甚至只有三個人。

即使我向他們打招呼，每次都只有兩個人回應我。

「小茜，歡迎。」

三年級的里美學姊，也是美術社的社長面帶微笑回答我。

她總是蹺著二郎腿坐在黑板前的椅子上，看著很難懂的厚重書籍，每次聽到我打招呼，都會抬頭回答我，然後又立刻低頭看書。

「妳好。」

一年級的遠子小聲回答。

她很文靜可愛，總是坐在窗邊靜靜地畫油畫。

其他三個人——二年級的三田總是在玩遊戲，一年級的吉野總是畫漫畫，還有青磁——他向來都沒有任何反應。

他們並不是對我特別冷淡，我幾乎沒有看過他們社團成員之間聊天。

每次來這裡，都會覺得這裡好安靜。

文化祭的三天後，我第一次來這裡。在放學前的班會課結束後，我不想馬上回家，茫然地看著窗外時，坐在我旁邊的青磁突然叫我：

『如果妳不想回家，要不要來美術室？』

雖然我並不是不想回家，但美術室這幾個字吸引了我。我還沒忘記文化祭時，看了青磁的畫所感受到的震撼，我想再看一次，所以我默默跟著青磁走去美術室。

明明是他邀我去美術室，但他完全不理我，默默地低頭畫畫。

里美學姊起初問我：『妳想參加美術社嗎？』我回答說：『沒有。』她對我說：『那妳慢慢坐。』然後就沒有再說什麼，其他人也把我當空氣。

沒有人在意我，沒有人在看我。

以前無論在家或是在學校時，都隨時感受到周圍的視線和關心，無論在哪裡，我都必須努力扮演好「我」這個角色。

但是，在這裡時不一樣。沒有人在意我，也沒有人看我。

對我而言，美術室成為獨一無二的地方。

這裡是我唯一可以不在意他人的存在，不必對別人察言觀色，自在做自己的地方。

青磁正在準備畫畫的材料，我在正中央窗戶旁坐下。

九月即將結束，夏天的腳步漸漸遠去，吹來的風也帶著涼意。

舒服的感覺讓我忍不住瞇起眼睛，這時看到和我一樣看著窗外的遠子身影。

順著她的視線望去，總會看到田徑社的成員在操場上練習的身影。說得更明確一點，就是正在練跳高的一年級男生。

她靜靜地、專注地看著那個男生，每次看到她這樣的身影，被口罩遮住的嘴角忍不住上揚。

「好青春啊。」

我忍不住像老人一樣嘟噥，聽到前方傳來小聲附和的聲音：「好青春。」里美學姊和我一樣，面帶微笑地看著遠子。遠子似乎沒有聽到。我和里美學姊互看一眼，輕輕笑了笑。

遠子應該喜歡那個男生。她應該在暗戀。

她看起來個性內向，恐怕不會主動向男生告白，所以只能遠遠地看著那個男生。

遠子雖然很文靜，但每次都會向我打招呼，而且總是認真畫畫，她絕對是一個出色的女生，希望她和那個男生能夠有情人終成眷屬。

我看著他們，正在胡思亂想著，發現遠子突然起身走到窗邊。我好奇地看向窗外，發現那個跳高的男生正向這裡走來。

「遠子！」

男生露出滿面笑容跑到美術室窗前，興奮地叫著她的名字。遠子也開心地叫著他：「彼方。」

「遠子，今天可以一起回家嗎？」

「嗯。」

「太好了，我要練到六點半，妳可能會等很久。」

「完全沒問題，你不必放在心上。彼方，練習加油嘍。」

「好，謝謝，那妳也要加油。」

男生展現爽朗的笑容，揮著手離開了。

「……好青春啊。」我忍不住比剛才更加深有感慨地嘀咕。

里美學姊噗哧一聲笑了起來，告訴我說：「他們不久之前開始交往。」

我還以為遠子在暗戀，沒想到他們兩情相悅，已經交往了，而且看起來感情很好，太令人欣慰了，連我都不禁心情變好。

遠子雖然看起來很晚熟，沒想到這麼厲害。我忍不住在內心為她鼓掌。我從來沒有和任何人交往過，這樣高高在上地產生這樣的感想好像很奇怪。

遠子一臉幸福的表情目送男友離去。我托腮看著這一幕，突然好奇戀愛到底是怎樣的感覺。

我整天連自己的事都忙不過來了，滿腦子想著讀書、幫忙做家事和照顧玲奈，根本沒時間喜歡別人。

我當然也有喜歡的長相，或是看到男生運動能力很強，覺得很帥氣，或是看到體貼溫柔的男生覺得很棒，但那只是短暫的想法，從來沒有想過要向對方告白，然後和對方交往。

我覺得別人很帥的這種暫時的念頭，和遠子對彼方，以及彼方對遠子的感情完全是兩種不同的感情。

我完全不瞭解世界上許許多多的戀人對彼此到底是怎樣的感情，更不覺得自己以後會瞭解。

也許我無法愛別人。

因為我整天只顧著自己，根本沒時間想別人的事。說不定我這一輩子都無法發自內心愛一個人。

我隱約產生了這樣的想法，忍不住嘆氣。

「妳一個人在發什麼呆啊？」

冷漠的聲音大剌剌地打斷了我憂鬱的思緒。

我皺起眉頭轉頭一看，青磁手上拿著繪畫用品站在那裡。

「我哪有發呆？」

「是喔。」

青磁毫不在意地應了一聲後，說道：「走了。」然後就轉身走出美術室。

我起身跟在他身後。

走出美術室時，我鞠了躬，小聲打招呼：「我先走了。」不知道其他人沒有聽到，還是根本沒有興趣，總之沒有任何人有反應，所有人都專心投入各自的世界。

真不錯。這裡果然很不錯。

我在內心笑了，追上三步併作兩步走上樓梯的青磁。

我們像平時一樣來到四樓，走進神秘的資料室，再沿著繩梯爬上屋頂。

如果被老師發現，一定會挨罵，但看著青磁吹著風，舒服地瞇起眼睛的樣子，我竟然覺得「沒關係，即使挨老師的罵也不會死」。太不可思議了，難以想像我這個眾人眼中的優等生會產生這種想法。

「喔，今天的天空很美。」

青磁仰頭看著天空說道，我忍不住笑了。

青磁每次都這麼說。每次來到屋頂，看到天空時，他都會說「今天的天空很美」。

他的雙眼炯炯有神，簡直就像第一次看到大海的小孩子。

「你每天都說這句話。」

我忍著笑說，青磁不服氣地挑起眉毛說：

「有什麼關係，我每天都覺得很漂亮啊。」

「你至少該說『今天也很美』。」

「昨天的天空和今天的天空不一樣，混為一談不是很對不起人家嗎？」

「對不起誰？」

「啊？」

他歪著頭，然後注視著天空，過了一會兒，看著我說：

「……可能是神。」

神。

這個字太不像是出自青磁之口，我忍不住瞪大眼睛。

我驚訝得說不出話，青磁把自己的雙臂當成枕頭，躺在屋頂的地上，對著天空深呼吸。

「……沒想到你竟然相信神，太意外了。」

我小聲嘟噥，青磁露齒一笑說：

「嗯，我想應該有神吧，雖然我沒遇到過。」

我原本覺得青磁是那種會說自己是神的人，這真是太意外了。

原本以為青磁深信凡事都會如他所願，難道目中無人的他，也會求神拜佛，向神祈求嗎？

「天空啊，」青磁突然開了口，「每天都不一樣，應該說，每時每刻都不一樣，一秒前的天空，和現在的天空，無論雲的形狀、光的強度、藍色的深淺都和剛才不一樣，所以百看不厭，即使每天看，無論看好幾個小時，都不會覺得膩。」

嗯，有道理。我點了點頭。

我抬起頭，看到一整片天空。

今天的天空有很多雲。層層疊疊的雲勾勒出複雜的圖案，藍天從雲縫中探出頭。雲層厚的地方看起來是灰色，薄雲是白色，西方天空的雲帶著紫色。

「每天看著天空，要怎麼說，雖然不知道是不是神，但總覺得有什麼存在。」

「有什麼存在？」

「嗯……像是宇宙，或是命運之類的……雖然我想不到很貼切的字眼，但總之是某種壓倒性的存在。」

青磁的表情和聲音都很真摯，所以我也不能笑他：「你在胡扯什麼？」只能默默注視天空。

「差不多該開始畫了。」

青磁躺了一會兒後坐起來，打開了帶來的繪畫工具。

我像往常一樣抱膝坐在那裡，看著他畫畫。無論我怎麼觀察，青磁都毫不在意，我行我素地做自己的事。

我和別人在一起時，總是會忍不住察言觀色，一直想著自己有沒有惹對方不高興，所以很容易累。青磁和別人在一起時，依舊我行我素，我和他在一起時很輕鬆。

那是完全不需要花心思的解脫感。

青磁盤腿而坐，駝著背，默默動手作畫。

當他拿起畫筆後，神情就完全不一樣了。

那雙像玻璃珠般的眼睛更加透明，好像著了魔似地拿起畫筆畫個不停。我覺得看著這個瞬間的他很有趣，總是目不轉睛地觀察他。

青磁雖然也會畫油畫，但基本上都畫水彩。他說：『水彩隨時隨地都可以畫，很棒。』要把繪畫材料帶來屋頂，的確是畫水彩比較方便。

他打開素描簿，用刷子沾滿水後，輕輕橫向刷著畫紙，把白色的畫紙弄濕。接著用沾了顏料的平頭水彩筆輕輕掃過畫紙，畫上淡淡的色彩。當上半部分塗了藍色，下半部分塗上淡黃色後，兩種顏色在被水充分沾濕的紙上慢慢混合，不一會兒，就出現了天空。

青磁畫天空的樣子永遠看不膩，我每天都可以坐在他旁邊看他畫好幾個小時。

連我自己都搞不懂自己在幹什麼，明知道該早點回家，但我離不開這個地方，和這裡令人心曠神怡的空氣。不知道是否因為上課時神經綳得太緊，放學後，就需要這種可以讓腦袋完全放空的時間。

「我口渴了。」

青磁專心畫了一個小時後，突然停下手，好像臨時想到這件事般說。

他只帶了畫畫的材料上來，沒有帶飲料，但現在回去美術室拿又很麻煩。

我在書包內找了一下，拿出裝了茉莉花茶的保特瓶。

「你要不要喝這個？我還沒有打開。」

「喔，可以嗎？謝啦。」

青磁完全沒有推托，接過保特瓶後，打開蓋子。青磁向來不會說「啊，但是這不太好意思吧……」之類的客套話。

但是他只喝了一口，立刻皺起眉頭。

「哇，這是什麼啊！好難喝！好臭！」

「啊？」

我今天早上買的，不可能壞掉。

我詫異地看著他，他一臉好像在吃什麼苦藥的表情，總算把那口茶吞下，直接把保特瓶還給我。

「這是什麼飲料！有一種怪味道！」

「又不是什麼奇怪的飲料，就是普通的茉莉花茶啊……」
「我怎麼知道，反正就很臭，簡直就像在喝泡過澡的水。」
「喔，是因為和入浴劑的氣味很像嗎？」
「沒錯！啊，真是超臭的，我好想吐。」
他伸出舌頭，發出「呃」的呻吟聲，看到他像小孩子一樣，我覺得很滑稽，忍不住出聲笑了起來。
如果是以前，我一定會很生氣，覺得「喝別人的茶，竟然還說這種話，簡直莫名其妙」。
但現在不一樣了，青磁說話完全沒有算計，想到什麼就說什麼，反而有一種奇妙的安心。
我整天觀察別人的臉色，努力想要瞭解別人說話的背後隱藏了什麼想法，想知道別人對我的看法，對我來說，像他那樣的人很寶貴。
青磁這個人應該不會說謊。他不會對別人說謊，也不會自我欺騙。
所以我和青磁在一起時很平靜，因為不需要花時間猜他的心。
「唉，我真的超想吐。」

青磁仍然皺著眉頭。

「喝了別人的茶，怎麼可以說想吐呢！」我理直氣壯地說。

「不管是不是別人的茶，難喝就是難喝啊。」

「你也要考慮一下送茶給你喝的人的心情。」

「但是，妳不覺得實話實說是為對方著想嗎？這樣妳以後就不會再送別人喝這麼難喝的茶了。」

「什麼？」

「妳送別人喝這麼難喝的飲料，別人會以為妳在整人。妳是不是學到了？」

青磁心滿意足地頻頻點頭，我覺得很好笑，忍不住又笑了。

他有獨特的哲學和價值觀，而且很堅定，無論別人說什麼，都無法改變。看到他這麼頑固，不會覺得生氣，反而覺得很好笑。

「茜，我問妳，妳覺得晚霞是什麼顏色？」

青磁突然這麼問我，但他無論任何時候、做任何事都很突然，最近他無論說什麼，我都不會感到驚訝。

「晚霞？當然是橘色啊。」

我不加思索地回答。無論問誰：「晚霞是什麼顏色？」這個問題，任何人應該都會回答「橘色」。

但是青磁聽到我回答的瞬間，立刻得意地笑了。

「妳這個傢伙太單純了。」

聽到他發出冷笑聲，我忍不住有點火大。

至少青磁沒資格說我單純。

「所以晚霞是什麼顏色？是火焰的顏色？是為愛癡狂的顏色嗎？」

我記得好像在古文課上聽過這種說法，於是就說了出來。

「妳好文學！」他哈哈大笑起來，讓我更火大了。「才不是這樣，妳沒有看過晚霞嗎？」

聽了他的問題，我想了一下，發現自己的確沒有好好欣賞過晚霞。

當天色漸暗時，我已經回家去接玲奈、準備晚餐。開始做家事之後，根本沒時間看天空。

自從開始在這個屋頂看青磁畫畫之後，我還是每天在天色暗下來之前就離開學校，晚霞滿天時，我都在搭地鐵，根本看不到天空，等回到家時，天已經黑了。

「妳找機會好好看晚霞，晚霞才不是橘色這麼簡單。」

青磁說話時很得意。

我想了一下後，從書包裡拿出手機。

『我今天可以稍微晚一點回家嗎？』我傳了訊息，一會兒之後，媽媽就回訊息說『沒問題』。

最近我很努力幫忙做家事，今天稍微偷懶一下應該沒問題。我這麼告訴自己，又回訊息說『謝謝』。

青磁又在素描簿翻開新的一頁，再度畫起天空。這次使用了和剛才不同的手法，沒有用水稀釋顏料，塗上白色和灰色之後，紙上就出現了雲。

「青磁，我問你。」

「嗯？」

「你都一直畫天空。」

在文化祭時展示的畫，和每天放學之後畫的畫，全都是天空。

「嗯，是啊。」青磁邊畫邊回答。

「你整天畫天空，不會覺得膩嗎？」

我看著他嚴肅的側臉，問了存在內心已久的疑問。

青磁瞥了我一眼，回答說：「不會膩啊。」然後又繼續低頭畫畫。

「晴天時陽光的顏色，陰天時雲層交疊的狀況，雨天時下雨的方式和雨滴飄落的樣子，即使是相同的天氣，也完全不一樣。無論什麼時候看，無論是怎樣的天空，都會有和平時不同的地方，所以越觀察就越想畫。」

原來是這樣。我點著頭。

的確，即使是陰天，雲的顏色和樣子都不太一樣，但即使這樣，每天都畫天空，應該會厭倦吧。

結論就是，普通人無法瞭解藝術家的想法。

「青磁，你為什麼只畫天空？」

我順便問了另一個納悶的問題。

「……我並沒有除了天空以外，就不想畫其他東西。」

「是嗎？那為什麼整天畫天空？」

「因為啊，」他沉默片刻後開口，「我想畫美麗的事物，因為很美麗，所以很想要，為了得到這些美麗的事物而畫。」

他有回答我的問題嗎？我很訝異，挑起眉毛看著他。

青磁用那雙像玻璃珠般的眼睛，注視著自己畫的天空說：

「我活到目前為止……天空是我覺得第二美的事物。」

第二美？我歪著頭，他似乎還有下文，所以我沒有插嘴。

青磁抬頭看著真正的天空。

「我想把這麼美麗的事物留在身邊，才會畫天空。」

「這樣啊。」我點了點頭，但還是很好奇，於是就問他：

「那你覺得最美的東西呢？你不畫嗎？」

「……妳不回家沒關係嗎？」

青磁靜靜地低下頭，看著我問：

他突然問了這個問題。

他根本答非所問。雖然我這麼想，但我想他應該不想回答這個問題，於是點了點頭說：

「嗯，在等到剛才的答案之前，我會留在這裡。」

「等剛才的答案？」

「晚霞的顏色。在親眼確認之前，我不會回家，太陽下山之前，我都會在這裡。」

呵呵。青磁笑了起來。

「妳果然很單純。」

他剛才也說我很單純，只不過剛才的語氣有點不屑，這次不太一樣。問我哪裡不一樣，這很難用言語形容，只是覺得青磁現在有點竊喜。

「那我就在天色暗下來之前再畫一張。」

青磁用力伸了懶腰，然後又用畫筆畫了起來。

我看了手錶，確認時間。距離太陽下山還有一個小時左右。

我在青磁身旁抱膝而坐，抱起的手臂放在膝蓋上，把臉枕在手臂上。青磁的側臉看起來好像很想唱歌。他一定覺得畫畫很開心。

我突然想到，不知道我會不會露出這樣的表情。

別人問我興趣愛好時，我總是回答喜歡閱讀。在看書的時候可以很專心，連我自己都感到驚訝，發現有趣的書時，總是興奮雀躍。

青磁珍惜一分一秒，只要一有空，就會拿起畫筆，但我閱讀時從來沒有像他那樣投入，無法那麼熱衷。

而且幾個月前開始，我的精神處於不穩定的狀態，甚至放棄讀自己喜歡的書。閱讀之於我，和繪畫之於青磁並不相同，對我來說，閱讀並非不可或缺。

我猜想對青磁來說，畫畫是他的『生命意義』。我雖然喜歡看書，但從來沒想過要當小說家，或是去出版社工作。

青磁在四月自我介紹時，在全班同學面前落落大方地宣布：『我以後要當畫家。』

我並沒有像他那樣可以毫不猶豫說喜歡的事物，所以我每次都在升學調查表中「想就讀哪一個科系」和「將來想要從事的職業」欄內填寫「尚未決定」。

青磁一定在升學調查表上明確填上要讀美術大學，以後要當畫家。

真羨慕有夢想的人。

雖然我覺得夢想並非勉強可以找到，但在學校這種地方，總覺得缺乏夢想有點抬不起頭。

我在想這些事時，竟然不小心睡著了，然後在昏昏沉沉中聽到青磁叫我：

「茜。」我緩緩睜開眼睛。

我立刻感受到眼睛都無法張開的強烈陽光。

「茜，妳快起來。」

青磁在強烈的陽光中看著我，笑得很開心。

「晚霞出現了。」

實在太刺眼，我再次閉上眼睛，但聽到他的話，整個人都醒了。

我把手遮在眼睛上方，看向青磁手指的方向。

太陽懸在西方地平線附近的天空中，發出幾乎無法直視的白色光芒。

「好亮……」

我忍不住嘀咕，青磁回答說：

「對不對？太陽在即將沉落的時候最亮。」

真的。

漸漸沉落的太陽發出放射線狀般的最後光芒，我從來沒有看過這麼強烈的光。

「我問妳，晚霞是什麼顏色？」

青磁竊笑起來，我瞇起眼睛，看著天空。

過於明亮的太陽周圍是難以用一句話形容的複雜顏色。鮮豔的玫瑰色、柔和的淡紅色、令人瞠目的橘色、帶著一抹紅色的黃色、淡黃綠色、透明的水藍色。離太陽越遠，天空的顏色就越深，東方已經是像帶著藏青色、像夜晚般的藍。

天空呈現美麗的漸層，眼前無邊無際的天空中，混合了所有的顏色。雲朵飄浮在宛如色彩洪水般天空中，變成了灰青色的陰影，被夕陽照耀的邊緣部分，被染上了帶著紫色的淡紅。

天空實在太美了，我甚至忘了呼吸。

原來晚霞的天空這麼美麗。

我活了十七年，竟然完全不知道這件事。

不，我根本沒有試圖瞭解，沒有確認，就認為晚霞就是橘色。

一直以來，我因此錯失了很多事實。

如果沒有遇見青磁，我甚至不會發現自己錯失這些事，然後就這樣繼續活下去。

「……好美，真的好美。」我自言自語般說。

「好戲還在後面。」青磁看著天空說，「因為晚霞的顏色會持續變化，妳一刻都不能移開視線。」

「嗯。」聽了青磁的話，我點點頭，睜大眼睛看著西方天空。

太陽漸漸沉入地平線。

隨著太陽漸漸沉落，帶著黃色的橙色也漸漸失去了明亮，淡綠色和水藍色也越來越淡，頭頂上的藍色越來越深。暖色消失，寒色更強烈，雲被染成了很深的藍紫色。

啊啊，天空就這樣越來越暗，迎接夜晚的黑暗。

正當我閃過這個念頭時。

太陽消失的地平線位置突然發出鮮豔的橘色光芒。

我茫然注視著光線的變化，甚至忘了眨眼。

太陽完全沉落後一度變暗的天空邊緣被染成帶著紅色的濃烈橘色，鮮明的顏色和前一刻完全無法相比。

天空在燃燒，城市在燃燒，世界也在燃燒。

「……好厲害。」

我緩緩轉過頭，看著身旁的青磁。

他一頭白色頭髮此刻被染成和晚霞相同的顏色。

「好厲害。」

「是不是很厲害？」

青磁簡直就像自己受到稱讚，得意地笑了。

我也笑了，再度看著晚霞。

太陽從這個世界消失的最後剎那，呈現出宛如燃燒火焰般的顏色，然後靜靜地沉落。

我們並肩坐在一起，默默注視著天空。

「……天黑了，差不多該回去了。」

過了一會兒，青磁起身收拾繪畫材料。

我在一旁幫忙時說：「真的太美了。」

他笑我說：「妳還在說啊。晚霞很美，朝霞也很美，妳看過朝霞嗎？」

我用力搖著頭。雖然聽過「朝霞」這兩個字，但根本不知道哪個時間可以看到。

「我就知道，妳的人生錯過太多了。」

即使他這麼說，我也很無奈。早上家裡都很忙，根本沒時間欣賞天空。

但是——

「我很想看看……」

我順著繩梯從屋頂爬下去時，不經意地嘀咕著，在下面等我的青磁說：

「這樣啊，那下次去看。我帶妳去朝霞最美的地方。」他一派輕鬆地說。

按常理來說，我們兩個高中生不可能在黎明時分在外面見面，但青磁很稀鬆平常地對我這麼說，所以我也覺得這件事很稀鬆平常。

「嗯，我們去看，你帶我去。」

既然他這麼說，就代表並不是客套話，也不是光說不練的約定，而是真的會實現。

青磁身上具有讓人相信這件事的力量。

笑不出來

第二學期好像過得特別快。

當我回過神時，秋天已經進入尾聲，出門不穿外套就會覺得冷。往學校的路上有兩排銀杏樹，為道路兩側增添色彩。只要一抬頭，就可以看到秋高氣爽的藍天襯托下，鮮黃色的銀杏樹葉顯得格外鮮豔。

風一吹，樹枝搖晃，無數銀杏葉飄然而落，彷彿下起金色的雨，石板路上就像鋪上金黃色的地毯。

好美。我不禁這麼想道，稍微放慢腳步。

去年秋天，我也每天走這條路上學，但完全沒有發現兩旁的銀杏樹。一年前的我，應該整天都低頭看著自己的腳尖走路。

「嗨。」

身後傳來打招呼的聲音，轉頭一看，果然看到青磁。

「早安，青磁。」

「早安，好冷。」

「真的好冷。」

青磁聳聳肩，雙手插在上衣口袋裡，看起來就很冷。他很瘦，身上沒有多餘的脂肪，應該比我更怕冷。

「你不戴圍巾或是圍脖嗎？」

「喔，我沒有這種東西。」

「不會吧，竟然有人沒有圍巾。」

「就在妳眼前。」

青磁竟然很神氣地回答。

「中學的時候，我媽曾經買過圍巾給我，但後來找不到了。」

「那你可以自己去買啊。」

「太麻煩了。」

他每天早上都去很遠的地方散步後才來學校，卻覺得去買圍巾很麻煩。青磁的價值標準實在太謎了。

我們一起走在銀杏樹之間，有人拍了我另一側的肩膀。

「茜，早安。」

「啊，沙耶香，早安。」

「青磁，早安。」

「嗨。」

沙耶香加入我們，我們三個人一起走去學校。

「茜，今天是不是有英語會話的小考？」

「對啊，小考範圍是第六課。」

「哇，慘了，妳等一下教我！」

「好、好。」

「太好了，這下子有救了。」沙耶香笑笑之後，輪流看著我和青磁。

「嗯？怎麼了？」

「你們已經交往了嗎？」

又問這件事嗎？我忍不住沮喪。

我瞥了青磁一眼，他一臉呆樣抬頭看著銀杏樹，似乎完全不在意。不愧是活在自己世界的人。

有好幾個同學看到我們放學後在一起，所以很快就出現了「青磁和茜的關係似乎很曖昧」的傳聞。我們在教室時有時候會聊天，有時候一起走去車站，像今天這樣，在路上遇到時，也會一起走去學校，所以會有這種傳聞並不意外。

但是，我們當然沒有交往，無論別人問多少次，我都當場否認。

第一次有人問青磁：『你和茜在交往嗎？』的時候他回答說：『關你什麼事？』之後就沒有人再問他了。

「已經有好幾個人問過我這個問題，我也回答了好幾次，我們沒有交往，為什麼大家都不相信？」

我苦笑著回答後，又繼續說：

「而且妳問我『已經交往了嗎？』我們之後並不打算交往。」

「啊？是這樣嗎？青磁，真的是這樣嗎？」

「啊？這和妳沒有關係。」

青磁不假辭色地說，沙耶香嘟著嘴說：「好啦。」

但沙耶香似乎並沒有失去興趣，開始向我發動攻勢。

「所以你們真的不是男女朋友，只是很要好的普通朋友嗎？」

朋友。聽到這兩個字，我不禁停下來。

我看向一副事不關己的態度走在路上的青磁。

我總覺得和他之間的關係無法用『朋友』這兩個字來形容。

「……也不算是朋友吧。」

我自言自語地嘀咕一句，青磁瞥了我一眼，然後不以為意地聳聳肩膀。

「啊？不是朋友嗎？那到底是什麼關係？到底在交往，還是普通朋友，妳倒是說清楚啊！」

沙耶香用力拍著我的背說，我重心不穩，踉蹌一下。

「啊，對不起！」沙耶香叫道。

「危險！」下一剎那，青磁嘀咕一句，用力抓住我的上手臂。

雖然他曾經好幾次抓住我的手臂，但之前都是抓我的手腕或是手肘，當他抓住更靠近我身體中心的上臂時，我忍不住嚇一跳。

「……謝謝。」

他救了我，於是我就道謝了，但我不敢看他的臉，移開視線。

我真的是不知不覺做出這樣的反應。

「嗯。」青磁應了一聲，鬆開我的手臂。

之後，他沒有再說什麼，三個人陷入尷尬的沉默。

「哇！剛才是怎麼回事？」

沙耶香的聲音打破沉默。

「茜，不好意思，剛才推了妳！但是但是，我看到超閃的一幕！」

「……呃，什麼超閃的一幕……」

「青磁，你真有兩下子！太帥了！你保護了茜。」

「……」

沙耶香獨自激動地說，我無言以對，青磁好像完全沒有聽到沙耶香說的話。

「你們是不是果然有點曖昧？」

「沒有沒有……」

雖然我覺得任何人看到有人差一點跌倒，都會毫不猶豫地伸手相救，但如果這樣說，就有點對不起救了我的青磁。

「嗯……真的不是這樣……」

我好像自言自語般無奈嘟噥著，和他們一起走進校門。

★

宣告午休時間開始的鈴聲響起。

我要去老師辦公室，經過一間空教室時，忍不住停下了腳步。因為我聽到教室內有人提到『青磁』的名字。

平時都在這個教室吃午餐的一群女生似乎正在談論青磁。

我沒有偷聽的興趣，再度邁開步伐。

沒想到又接著聽到『茜』，全身都僵住了。

光是想到有人在背後談論自己就很可怕。

我不想知道，不知道比較好。

雖然明知道這樣的道理，但身體仍然無法動彈。

「啊？真的假的！？不會吧！」

聽到其他人同時發出驚叫聲，我更加無法動彈。

「真的！我聽A班的同學說的，聽說他們最近關係超級好。」

「啊？」

「D班的人也說看到他們放學後，不知道一起去哪裡。」
聽說這個傳聞的女生拚命想要說服其他人。
「青磁和小茜？」
「他們在交往？」
「沒錯沒錯，很意外吧！」
唉，她們果然在討論這件事。我忍不住在內心嘆息，但我已經聽膩了。
為什麼男生和女生關係不錯，大家就馬上認為他們「在交往」呢？一旦否認，就認定是「朋友」。問題是有些關係無法這樣簡單明快地區分。
我很難界定我和青磁之間的關係。
我們當然不是男女朋友，但也不是朋友。
雖然我們放學後都會在一起，但只是坐在一起，默默看著天空而已，完全沒有男女之間的甜蜜氣氛，也不是像無話不談的好朋友那樣的融洽氣氛。
我們只是在相同的空間，度過相同的時間而已。
如果有人問我，對妳來說，青磁是什麼？我只能回答說：「青磁就是青磁。」我不知道該怎麼形容他的角色。

在我這麼想的時候，教室內的八卦討論越來越熱烈。

「對了，我今天早上來學校時有看到他們，他們像連體嬰一樣貼在一起走路，看起來很親熱。」

不不不。我忍不住在內心吐槽。

我們的確一起走進學校，但絕對沒有貼在一起走路。

沒想到。

「啊？這樣啊！」

「哇，太意外了！沒想到青磁竟然會和女生這麼黏答答！」

「我無法想像！」

「而且那個叫茜的女生看起來很文靜冷酷，沒想到交了男朋友，就變得小鳥依人。」

黏答答？小鳥依人？她們到底在說誰？她們說的情況根本不可能發生在青磁和我身上，聽她們加油添醋到這種程度，我甚至無力反駁。原來傳聞就是這樣越傳越離譜。

我幾乎帶著很受不了的心情繼續聽著，不一會兒，當她們說話的聲音開始發生變化時，心情越來越無法平靜。

「那個女生的確看起來很跩，感覺很做作。」

「嗯，我懂妳的意思。」

「聽妳這麼一說，的確有這種感覺。」

「好像覺得自己與眾不同？」

「啊哈哈哈，就是這種感覺。」

噗通噗通噗通。劇烈的心跳聲在腦海中產生迴音，不難想像，這幾個女生的討論漸漸發展為充滿惡意的八卦。

「她總是假裝自己是好學生，表現得很認真、很有責任感。」

「一副『我是優等生！』的態度。」

「妳們不覺得她根本配不上青磁嗎？」

「我懂妳的意思！我一直這麼覺得。」

「是不是？」

「原來大家都這麼覺得。原本以為大家都很喜歡她，不好意思說她的壞話。」

「沒錯！」

「但搞不好大家都很討厭她。」

「嗯，很有可能。」

不要！我不想再聽這些，但身體無法移動。

我的腳底好像黏在走廊上，完全無法動彈。

「她不是整天都戴著口罩嗎？有點搞不太懂她心裡到底在想什麼。」

說這句話的是去年曾經同班的女生。我們關係很不錯，和另外幾個同學經常一起玩。

「她就連夏天都戴著口罩。」

「沒錯，沒錯。我原本以為她感冒，但好像不是這樣。」

「不是不是，我上次剛好看到，她上體育課和吃飯時，也不把口罩拿下來。」

「不會嗎？真的嗎？那根本是依存症吧。」

「太扯了，好變態。」

「雖然看起來很可憐，但其實應該病得不輕吧？」

「很像喔，很像喔，感覺在家裡的時候很陰沉。」
「嗯，妳這麼一說，好像很有這種感覺。」
「搞不好她其實個性很陰沉，也很陰險。」
「那不是很糟嗎？」
「啊哈哈，我們是不是說她太多壞話了？」
「不是啦……青磁不是很引人注目嗎？長得又帥，很有才華，很多女生都喜歡青磁，當然會覺得為什麼青磁偏偏選中她。」
我也有同感。
無論從正面的角度還是負面的角度來說，青磁都很引人注目。無論他的外形還是舉止，都成為矚目的焦點，很多女生都被他的魅力吸引。自從我經常和青磁說話之後，不時可以感受到其他女生不爽的眼神。
我以為大家只是覺得好玩和好奇，所以我並沒有放在心上。
大家果然討厭我。
我已經這麼努力，沒想到還是被討厭了。我又鑄下大錯了。
我得知這件事，感受到好像遭到重擊的衝擊。

腦袋裡好像有一個巨大的鐘在敲響，發出噹、噹的聲音。我的呼吸越來越急促。

教室內響起哄堂大笑。即使現在發出一點聲音，也不會被別人聽到，我搖搖晃晃離開了。

我低頭走路，對抗著劇烈的心跳，不知道撞到什麼。

「茜？」

聲音在耳朵上方響起。是青磁的聲音。

我微微抬起頭，看到了熟悉的平坦胸膛。

必須說點什麼。雖然這麼想，卻無法發出聲音。呼。我在呼氣時，不小心發出痛苦的聲音。

「妳怎麼了？」

青磁皺著眉頭，探頭看著我的臉。

「沒事。」我小聲回答，但似乎瞞不過他。

「看妳的臉就知道不可能沒事，妳肚子痛嗎？」

我想起他之前也曾經問我『妳是不是肚子痛？』什麼嘛，我又不是小學生。

我想一笑置之，在口罩下張開嘴，但從嘴唇之間發出的不是笑聲，而是小聲的嗚咽。

「嗚……」

青磁頓時瞪大眼睛。

「……茜？」

他平時說話的聲音向來很冷淡，此刻溫柔地在我耳邊響起，更讓我無法克制內心的情緒。

情緒失去控制，壓抑在內心的情感湧上心頭，傾瀉而出。

不行。一旦在這裡哭泣就完蛋了。不知道會被誰看到。我在口罩下用力咬著嘴唇，急促地吐著氣，總算忍住了。

就在這時，鈴聲響了。這是預備鈴。第五堂課快開始了。

「……我真的沒事，沒問題。」

我低著頭對青磁說，不等他回答，就跑回教室。

只要低著頭，瀏海和口罩會遮住臉，別人看不到我的表情，不會有問題。

我可以坐在教室上課。

但是，為什麼？

當我一走進教室，就覺得視線從四面八方集中在我身上，雙腳無法順利邁步。

班上的同學都在竊竊私語，難道都在說我的壞話嗎？

不可能有這種事。我努力說服自己，但另一個自己冷笑著問，妳能斷言別人沒有在說妳的壞話？

沒錯，我並不知道。我無法從別人和我相處時的態度和說的話，知道別人對我的真實想法，無法知道背地裡有多少人討厭我。

我越想越覺得全身發冷，指尖冰冷，雙腳也好像不屬於自己般僵硬。我獨自站在教室門口。

班上的所有同學幾乎都坐在座位上，不到一分鐘後，這堂課的老師就會走進教室。我必須趕快坐回座位，準備上課。

當我勉強邁步，準備走向座位時，身體搖晃起來。

我這時才發現自己的腳在發抖，指尖也不停地顫抖。

為什麼？我動了動嘴唇，口罩發出乾澀的沙沙聲。

我努力激勵自己，顫抖著走了一步、兩步，進入嘈雜的教室。幸好大家都忙著準備課本和筆記，並沒有發現我不自然的動作。

但我仍然覺得有人在瞄我，覺得有人在小聲討論「那傢伙是不是有點問題？」我的心跳加速，呼吸很急促，渾身的血液好像都衝到腦袋，腦袋昏昏沉沉。

我總算坐到椅子上，從抽屜中拿出課本和筆盒，老師這時走進教室。鈴聲又響了。

「好，我們開始上課。班長，請喊口令。」

英文課的女老師看向我。

我小心翼翼地站起來，避免身體搖晃，同時喊著「起立」。

……我以為我喊出口令，但沒有聲音。

沉默的教室內，只有我獨自撐著桌子站在那裡，陷入很不可思議的狀況。

所有人都看著我，訝異地看著我。

怎麼辦？怎麼辦？我必須趕快說話，必須趕快喊口令，但我發不出聲音。各種想法在陷入混亂的腦袋中打轉。

就在這時——

「茜。」

左側響起叫聲。

是青磁。

上課時，總是看著窗外天空的青磁，此刻正直視著我。

「走嘍。」

他突然這麼說，我當然不可能理解他在說什麼。

我僵在那裡看著他，他猛然站了起來。

教室內所有的視線都集中在青磁身上。我不再是眾所矚目的焦點，讓我放鬆肩膀的力量。

青磁站在我身旁，他默默抓住我的手腕，然後邁開大步。我被他拉著走出去。

所有人都目瞪口呆地看著我們。

「……呃，深川同學……已經開始上課了。」

老師不知所措地說，青磁立刻轉頭看著老師，指著我說：

「她身體不舒服，我帶她出去，我可能也不回來上課了。」

青磁自說自話地丟下這句話後走出教室，老師啞然無語地目送他的背影離去。

★

走出教室，看到空無一人——除了青磁以外，沒有其他人的走廊瞬間，我的淚水撲簌簌地流下來。

淚流不止，我簡直懷疑自己的淚腺是否出問題。

嗚嗚嗚。喉嚨發出奇怪的聲音。

青磁沒有回頭，什麼話都沒有說，只是牽著我的手向前走。我看著他的後背，淚水再度不停地流。

我為什麼哭？我邊哭邊思考著。

是因為別人說我的壞話，我覺得很難過嗎？不，並非只是這個原因。

別人半開玩笑的惡意，就會讓我深受打擊到無法動彈。內心的這種脆弱讓我難過不已。

我為什麼會這樣？我討厭無法和別人順利相處，我討厭自己這麼脆弱，每次發生一點小事，都會深受打擊，深受傷害。

我討厭戴上口罩，掩飾內心的想法，必須建立防線保護自我的自己。

「……我受夠了……」

當我發現自己踏入舊館時，終於忍不住發出很沒出息的聲音。

「這樣啊。」青磁微微轉過頭說了一句後，再度看向前方，當他來到美術室前，毫不猶豫打開門。

萬一有人正在上美術課怎麼辦？我的腦海中閃過這個想法，但青磁完全不在意，大步走了進去。我看到並沒有人在美術室內上課，稍微放下心。

美術室的氣味很複雜，無法用一句話形容。

當鼻腔感受到這種氣味時，心情很神奇地變得平靜。

「妳坐在這裡。」

青磁用下巴指著一張椅子，我坐了下來。

雖然情緒的顛峰已過，但淚水仍然流著。我從口袋裡拿出手帕，按著眼角。

「……嗚、嗚嗚、嗚……」

我抽抽噎噎，坐在那裡不動，察覺到青磁在我身旁坐了下來，但我不想被他看到我哭泣的臉，仍然用手帕遮住。

這時，我聽到身旁發出好像在敲打硬物的咚咚聲，接著又是嘎哩嘎哩削東西的聲音。

我納悶地轉頭看向身旁。

青磁左手拿著保特瓶，右手拿著像是錐子的東西，似乎在做什麼細膩的作業。

他在做什麼？我內心受到傷害，在這裡流淚，他在做什麼？

青磁就是這種人。比起他說一些莫名其妙的安慰話，這樣反而可以讓我輕鬆地哭個痛快。

「……你在幹什麼？」

雖然我這麼想，但看到青磁活在自己世界的行為，淚水也縮了回去。

「嗯？在做勞作啊。」

「是喔……」

青磁除了畫畫，還會做勞作嗎？我以前完全不知道這件事，但他的手很靈巧，應該很喜歡動手創作。

「啊……」

我沉浸在哭泣的餘韻中，怔怔地看著窗外。

我蹺課了。我這個認真的優等生竟然蹺課了，我相信全班同學和老師都大吃一驚，但剛才青磁對老師說我身體不舒服，應該沒問題。

幾個月前的我，在遇見青磁之前的我，完全無法想像自己竟然會蹺課。

我向來不會缺課或是遲到，即使發燒，也會堅持來學校上課，現在卻覺得「即使蹺課挨罵，反正也不會死」。

正午的陽光隔著窗戶玻璃照進來。

我以前都是在放學後來美術室，不知道正午時候，照進來的陽光這麼明亮。

從長方形窗框照進來的陽光呈放射狀擴散，飄浮在空氣中的細微灰塵和塵埃進入陽光中，宛如在空氣中撒了鑽石粉般閃閃發亮。

我吐了一口氣，發光的塵粒緩緩移動，在空氣中勾勒出圖案。

好美。我忍不住這麼想，繼續看著這些灰塵，不一會兒，聽到青磁說：

「好，完成了，我們走吧。」

「啊？什麼完成了？要去哪裡？」

「那就敬請期待嘍，我們去屋頂。」

青磁不顧我完全搞不清楚狀況，在加工好的保特瓶中裝了水，走出美術室。他心情愉快地吹著有點遜的口哨，咚咚咚地走上樓。我看著他的背影，跟在他身後走進資料室。我們像往常一樣沿著繩梯來到屋頂。

「妳坐在這裡。」

我聽從青磁的指示，在屋頂正中央坐下來。

雖然已經是秋天，但屋頂上陽光燦爛，雖是在戶外但也很暖和。不久之前，還覺得這裡很熱，時間真的過得超快。

因為很舒服，我忍不住抬頭望著天空，然後閉上眼睛，臉頰突然感覺涼涼的。

我驚訝地睜開眼睛，摸著臉頰，發現臉頰沾上水滴，有點濕。

「哈哈哈，是不是嚇了一跳？」

我將視線移向青磁，和他四目相對，他露出調皮的笑容。

「啊？這是什麼……水嗎？」

我問道，青磁把手上的保特瓶遞到我面前。

「這是手工水槍！」

他一臉得意地大聲宣告。你是小學生嗎？我很想吐槽他，但我忍住了。看到他一臉高興的樣子，我無法說出口。

「沒想到保特瓶可以用來做水槍。」

「對啊，只要用錐子在瓶蓋上打洞，把吸管放進去就完成了，是不是超簡單？」

青磁輕輕握著保特瓶，水一下子就從瓶蓋上突出的吸管噴出。

「茜，我讓妳看好東西。妳抬起頭。」

我順從地抬頭。

頭頂上是萬里無雲，秋高氣爽，一望無垠的藍天。

「一、二！」

在青磁吆喝的瞬間。

「哇……」

我忍不住發出驚叫聲。

從水槍發射的水彈筆直飛向空中。

水彈來到頂點，在剎那的停頓之後，變成了水珠散開。

無數水滴浮在半空中，然後因為重力而同時滴落，好像慢動作般緩緩落下。大滴的水珠、小滴的水珠，每一滴水珠都在陽光下熠熠發光。

在水滴中產生折射的光線擴散，周圍好像頓時明亮起來。

無數從天而降的光粒灑在我身上。

「好美……」

我嘟噥著，青磁哈哈笑了。

「好，再來一次。」

他再次向空中發射水彈，再度變成帶著光芒的水滴從天而降。

「茜。」

「嗯。」

「妳有沒有看到水滴中的世界？」

我忘了眨眼，注視著在空中飄舞的水滴。

「每一滴水滴中，都反射了整個世界，是不是很厲害？」

我定睛看著那些有點變形的圓形水滴，水滴表面的確反射出這個世界。天空、樹木、校舍、操場、國道、住宅區，水滴反射所有的一切。三百六十度所有的景色都凝聚在一滴水滴中。

吸收全世界所有一切的水滴，好像吃飽的肚子般鼓了起來，滴落在我們腳下。

「好像很厲害。」

當我這麼嘟噥時，剛才的打擊、懊惱和悲傷都煙消雲散了。

「哈哈哈，是不是很厲害？水很厲害，這個世界很厲害。」

不，厲害的是青磁。

青磁能夠發現厲害的事物。

他能夠從大家漫不經心地生活的這個世界中，發現與眾不同的事物。

青磁，你太厲害了，你果然是天才。

「我跟你說，」我不知不覺開了口，「我要告訴你一件事。」

至今為止，我無法告訴任何人，也不想告訴任何人。我一直想要隱瞞這件事。

但是，我願意告訴青磁。

我知道，青磁會用真誠的態度聽我說。

「好。」

不知道青磁是否感受到我的認真，他用水槍向天空射擊的同時點頭。

「我洗耳恭聽。」

他就像開心玩水的小孩子，我注視著他的側臉，娓娓訴說起來。

這是陳年往事，但對我來說，完全不是已經過去的事。這件往事至今仍然困住我，至今仍然不願意回想起來。

此刻，我無論如何都想對青磁說出這件事。

★

我在小學生時，性格和目前完全相反。

成績單上的評語總是寫著『充滿正義感』這句話，還有『明確表達內心所有的想法』。

我認為這樣才是正確的行為。我認為該說的就要說。

所以那一天，當我發現那個女生的舉動時，我立刻當面指出：『妳不可以做這種事！』

班上有一個女生向大家炫耀收到的生日禮物香香筆，我發現另一個女生竟然把可愛的香香筆放進自己的筆盒內，於是我當著大家的面對她說：

『不可以偷別人的東西。』

我至今仍然記得她當時的表情，她的臉一下子紅，一下子青，一下子白，被當眾揭露她偷東西，成為全班矚目的焦點，露出好像世界末日般的絕望表情。

雖然看到她臉上表情的瞬間，我覺得『慘了』，但仍然堅持自己的正義感。

『趕快還給她。』

我在說話的同時，從她的筆盒中拿出香香筆，她打了我一下。我大吃一驚，看著她說不出話，她竟然放聲大哭起來，然後蹲下來。

我明明沒有做錯事，她為什麼打我？為什麼不是被打的我哭，而是打人的她在哭？

我難以理解，愣在那裡，班上的其他女生聚集過來。

想要偷別人香香筆的女生平時個性開朗，也很可愛，還是運動高手，大家都很喜歡她，即使這樣，偷別人東西還是錯誤的行為，但是大家並沒有支持做了正確行為的我，而是袒護向來很受歡迎的她。

『小茜，妳好過分。』

『為什麼在大家面前說這種話？』

『好可憐喔。』

『太離譜了，好過分。』

『妳趕快道歉。』

為什麼大家都罵我？為什麼我要道歉？

這些想法讓我無法當場道歉。班上的女生都圍著我、瞪著我，但我仍然沒有吭氣。

這時，老師走進教室，暫時平息風波，但是那天之後，班上的女生都不理我了。

我隔天就向那個女生道歉『昨天很對不起』，她根本不看我一眼。其他女生都沒有吭氣，就連被偷了香香筆的女生也不和我說話。

雖然我不知道是不是有人叫大家都不要理我，還是班上的氣氛讓所有女生都不想和我說話，但那天之後，我在班上變成了『空氣』。

沒有人整我，也沒有人罵我，但所有人都不看我一眼，我覺得自己好像變成了幽靈。

即使這樣，我沒有一天缺席。

我沒有做錯任何事，總有一天，別人會明白。我怎麼可能因為別人不理我就不去學校上課？我怎麼可以認輸？我這麼告訴自己，激勵畏懼的心，抬頭挺胸，默默去學校上課。

然而，即使過了很久，狀況仍然沒有改變。

我終於選擇了逃避。我報考私立中學，讀了完全沒有熟人的學校。

當時媽媽剛好和爸爸再婚，我們搬了家，從此沒有再和小學時的同學見過面。

上了中學之後，我決定改變自己的生活方式。

我認為在小學時之所以會被全班當空氣，是因為那一次在大家面前指責了那個女生的行為，傷害了她。雖然我的舉動並沒有錯，但有些話該說，有些話不該說。

所以，我必須小心翼翼生活，避免傷害別人，避免引起別人不高興。

我以前無論在任何時候，都敢於把認為正確的話說出口，但我發現這種方式無法在社會上生存。生活在這個社會上，能不能討人喜歡比行為是否正確更重要。

我努力思考，如何才能避免惹人討厭，最後得出了結論，那就是『隨時保持笑容』。不能因為生氣，就顯得不高興；不能因為別人犯錯就生氣。只要隨時保持笑容，就不會被人討厭，就不會遭到排斥。

於是，我開始學習在電視和雜誌上被評為受歡迎的女明星和偶像的笑容。我根據雜誌上的照片，觀察她們的笑容，然後在鏡子前練習笑容。適度瞇起眼睛，嘴角均衡上揚，不要露出太多牙齒。

雖然覺得自己很愚蠢，但當時的我拚命練習。

我漸漸習慣這種虛假的笑容，久而久之，只要面帶笑容，就會感到安心。中學的同學都說我『隨時保持笑容』、『茜，妳人真的很好』、『我覺得絕對不會有同學討厭妳』，雖然我嘴上回答說：『沒這回事。』但內心超滿足。

我認為成功改變了自己。

我產生自信，認為人生從此否極泰來。

進入高中後，我也成功扮演了『人見人愛的優等生』這個角色。我認為只要持續演下去，就再也不會遇到之前那種事。

「……我以為是這樣，沒想到遇見了你。」

我苦笑著說，在旁邊默默聽我說話的他挑起眉毛。

「你還記得我和你第一次說話時的情況嗎？」

我問青磁，他瞪大眼睛問：「啊？」

我猜想他應該忘得一乾二淨了。

「今年四月，我們剛分到同班的時候，當時走廊上沒有其他人。」

我補充說明。

「喔，妳是說那一次。」青磁點點頭。

我相信這種事很常見，我絕對忘不了他對我說的話，對我說這句話的青磁卻完全忘記了這件事。

「你當時不是對我說，你討厭我嗎？」

「對，我說了。」

沒想到他竟然這麼回答，我吃了一驚。

「你記得？」

「我記得啊。」

「這樣啊。我當時太吃驚了，我們幾乎第一次見面，你突然說討厭我。」

「因為我討厭妳啊，那時候妳的臉上整天堆著假笑，對每個人都笑嘻嘻，我看到妳就想吐。」

沒錯，青磁就是這種人。現在我能夠這麼想。

但是我當時受到了難以用言語形容的打擊。

我盡全力不讓別人討厭，還以為自己成功做到了，沒想到突然有人對我說討厭我，簡直就是遭到鈍器毆打般的巨大衝擊。

「所以我也因為這個原因超討厭你。」

這是我第一次當著別人的面說『超討厭』對方，但是我相信青磁能夠瞭解我想表達的意思。

「在那之前，我一直認為不可以討厭別人，但只有你是例外，我實在無法喜歡你。」

「這是理所當然的事，討厭的東西就是討厭，有什麼問題嗎？」

青磁雲淡風輕地回答。

也許我就是基於青磁的這種個性，才會討厭他。

我為了避免惹人討厭，忍住想說的話，把真實想法埋在心裡，小心翼翼地過日子，青磁卻完全不害怕別人討厭他，直言不諱，為所欲為，卻完全沒有人討厭他，甚至我覺得大家都喜歡他。

這讓我羨慕不已，也讓我嫉妒不已。

噗咻。我聽到聲音，發現青磁又用水槍射向天空。

閃亮的水光子彈為藍天增添色彩。

天空似乎為被青磁射中感到高興，也許天空也知道，青磁發自內心喜歡天空。

「其實，」青磁放下自製的水槍看著我，「即使被討厭，又有什麼關係？」

我知道他聽了我說的話之後，一定會這麼說。

「無論是人見人愛的人，還是被所有人討厭的人都是活著，不管別人是討厭還是喜歡，人都照樣活著，不管是被喜歡還是討厭都無所謂。」

他生活的邏輯太簡單了。我的雙唇忍不住發出笑聲。

「我覺得，即使別人討厭你，你也會認為只要自己喜歡自己就好。」

「啊？」

「你是不是很喜歡自己？」

我說出了內心的想法，沒想到青磁沒有馬上回答。

他默默抬頭看著天空。玻璃珠般的眼睛反射著美麗的藍天。

不知道是不是我的心理作用，我覺得他的側臉看起來有點惆悵。

「……也沒有很喜歡。」

「啊……」

「也有不喜歡的地方。」

他一臉平靜，好像自言自語般嘀咕，我無言以對，總覺得聽到了不該聽的話。

「這樣啊，我也是。」

我和他一樣抬頭看著天空，輕輕摸著無法拿下的口罩小聲地說。

腳下的校舍傳來鈴聲。

「我們下去吧。」

青磁說完後站起來，說著：「最後一次」，用水槍射擊時的臉上，已經恢復了往常雲淡風輕的表情。

★

那天晚上，我久違地看了書。我從暑假之前就開始心煩意亂，根本沒辦法靜下心讀書，至今已經好幾個月了。

我坐在書桌前準備複習功課時，看到了之前讀到一半的《等待拂曉的人》，然後忍不住拿起來。手掌上熟悉的文庫本的重量是懷念的感覺，我翻開之後，就不知不覺開始看。

我已經好久沒有這種沉浸在書的世界的感覺了。

進入後半部分後，我看到一句深深打動我的話。

女主角在溫柔體貼的未婚夫和難以忘懷的舊情人之間搖擺不定，她煩惱不已，在酒吧內喝得酩酊大醉。

『喜歡是什麼？愛又是什麼？我越來越搞不懂了。』女主角喃喃說道。

這時，剛好坐在她旁邊的一位神秘妙齡女生好像在唱歌般說：

『深夜時想見的人，只是身體愛上的慾望對象；天一亮，就馬上想要見到的人，才是真心愛上的永遠情人。』

她歪著頭感到納悶。那個女生笑著繼續對她說：

『想要肌膚之親的孤獨夜晚想起的人，對妳來說，很可能只是排解寂寞的備胎。但是在不眠之夜輾轉到天亮，看到被晨曦染上色彩的美麗天空時，想要和對方一起看這片天空，想要一起欣賞眼前這片景象的人，才是妳真心認為他很重要，真正愛的人。』

這句話太難理解，我這個還不懂什麼是戀愛的人有點似懂非懂。但是，不知道為什麼，這句話深深打動了我。

天一亮，就想見到的人，想要一起看朝霞的人，就是自己真心愛的人。

有朝一日，我能夠理解這句話的意思嗎？我不知道這個問題的答案。

「啊，小說果然很棒。」

雖然我無法理解，但仍然深有感觸地嘀咕。

我可以在小說中看到和我生活方式完全不同的人，藉由和我完全不同的思考方式說出的話，我深受感動，因此愛上閱讀。我又重新想起了這件事。

我一直看到無論如何都必須睡覺的時間，而且一時無法看完。於是我放進書包，決定在搭電車時看。

我帶著滿足的心情上床睡覺，然後作了看到美麗朝霞的夢。

當我注視天空時，發現有人站在身旁。那個人的身影霧濛濛，看不清楚，不要說看不清長相，甚至無法看清楚到底是不是有人站在旁邊。

我還搞不懂喜歡一個人是怎麼回事。

美麗多彩

「咦？茜，今天青磁沒來嗎？」

早上來到學校，坐在座位上把圍巾摺好時，沙耶香問我。

「嗯，好像還沒來。」

「你們沒有一起來嗎？為什麼？」

「……我已經說了好幾次，我們並不是每天早上都約了一起來學校，只是有時候剛好在車站遇到……」

「喔，好啦好啦，我知道！妳真的很害羞欸。」

「……」

沙耶香一臉得意地點頭，但她真的誤會了。

自從上次青磁帶著我衝出教室，一起蹺課後，班上的同學似乎都認定我們在交往。

我認為其他同學會這麼想也情有可原，因為我們在那樣的狀況下衝出教室，整堂課都沒有回來，通常都會認為是這麼一回事。如果發生在別人身上，我也會這麼認為。

但是，我和青磁仍然只是放學後在一起消磨時間的關係。

正確地說，並不是一起消磨時間，而是我在青磁身旁做自己喜歡的事。

最近他畫畫時，我都在他旁邊看書。

屋頂上沒有其他人，彷彿是另一個世界，我和像空氣般的青磁在一起，各自做自己喜歡的事。我很愛這樣的時間。

「茜，早安，青磁呢？」

男生走進教室時也這麼問我。

「我不知道。」

「啊？怎麼了？你們吵架了？」

「不是，我都說了我們不是……」

和好幾個人說同樣的話之後，我不禁有點沮喪，我看向時鐘，心想著青磁到底什麼時候會走進教室，沒想到已經是朝會的時間了。

他今天怎麼這麼晚。我忍不住歪著頭納悶。青磁平時都和我差不多時間來學校，很少這麼晚還沒有走進教室。

老師走進教室，朝會開始了。

老師在點名時說：

「青磁今天請假。」

「啊！」班上同學都異口同聲地驚叫起來。

「原來青磁今天請假，真沒勁。」

有一個男生語帶遺憾地說。

「對，他今天請假。」

老師在點名簿上記錄的同時點了點頭。

「為什麼？為什麼？他感冒了嗎？」

「不清楚。好，有幾件事要通知大家。」

老師結束這個話題，傳達了下個星期期末考相關的幾項通知。我在做筆記的同時，感到有點不太對勁。

青磁請假。但老師似乎避談青磁請假的理由。照理說，青磁應該只是身體不舒服而已，但我還是忍不住有點在意。

朝會結束的同時，我打開手機電源，從通訊錄內找出青磁的電話。

他最近終於買了手機，但並不是智慧型手機，無法使用通訊軟體和他聯絡。他說知道怎麼傳電子郵件，幸好我問了他電子郵件的信箱。

這是我第一次傳電子郵件給他。雖然我也問了他的電話號碼，但我當然從來沒有打電話給他。

我想了一下，決定先向他打招呼。

『早安，我是丹羽茜。』

我竟然在這種時候自報姓名，這種感覺太奇怪了。如果是用通訊軟體傳訊息，就可以輕鬆地寫幾句話，但寫電子郵件時，就必須煩惱內容要怎麼寫。

『聽說你今天請假，你還好嗎？請問是不是感冒了？』

我發現自己的語氣太恭敬了，於是把最後一句話改成『感冒了？』

我想不出接下來要寫什麼，就這樣傳出去。

我花了將近十分鐘，邊煩惱邊寫完電子郵件，傳出去後，已經是第一堂課上課的時間。我只好關機，把手機放進書包。

即使開始上課，我也一直惦記著青磁會不會已經回了電子郵件給我。整堂課都想著這件事，坐立難安。

我看向青磁的課桌，但今天看不到總是托腮看著窗外的身影。空蕩蕩的課桌看起來很寂寞。

第一堂課下課後，我立刻確認手機，但他還沒有回覆。他可能身體不舒服，還在睡覺。

我忍不住嘆氣。

每堂課下課，我都忍不住看手機，直到中午，才終於收到他的回覆。

『我沒感冒，我很好，明天就會去學校。』

他的回覆也太簡潔了。

很有青磁的風格，我忍不住呵呵笑了。

「怎麼了怎麼了？妳笑得這麼開心，該不會是心愛的青磁和妳聯絡了？」

沙耶香一臉賊笑問我，我想回答說不是，但我的確在笑，而且青磁也的確聯絡了我，所以我沒辦法反駁。

話說回來，既然他沒有感冒，為什麼請假不來上課？既然明天就會來學校，是否代表他並不是生病？

雖然我很好奇，但覺得不該追根究柢，於是就回覆說：『太好了，那就明天見。』青磁只回答說『謝啦』，我們的交談就這樣結束了。

這一天超無聊。

沒有青磁的教室很無趣，放學後，我也不想獨自去屋頂，難得一放學就回家了。

我發現自己在不知不覺中，覺得和青磁在一起是理所當然的事，讓我感到很不可思議。

只不過當時我還不瞭解這件事所代表的意義。

★

隔天一大早就下起了淅淅瀝瀝的雨。

即將迎接十二月的晚秋下的雨很冷，拿著雨傘的指尖也冰冷。

差不多該戴手套了。我在這麼想的時候，突然想到不知道青磁今天會不會來學校，連我自己都驚訝為什麼會毫無脈絡地想到他。

我為什麼會突然想到他？

我內心感到納悶，走在往學校的路上，雨很快就停了，但天空中仍然烏雲籠罩，可能只是暫時停歇。

我怔怔地看著天空，發現原本以為一片灰色的雲其實有各種不同的層次。雖然同樣是灰色，但高空的雲是帶著一抹白色的淺灰色，低空的雲顏色很深，被雲層後方的陽光照射的部分帶著淡淡的黃色。

如果青磁看到，一定會立刻拿起畫筆。想到這件事，我忍不住笑了起來。

當我收回視線，看到從空地草叢中竄出來的芒草花穗前端積著雨滴。我情不自禁停下腳步，伸手輕輕撥了一下，水滴四散，我想起那一天的景象。

青磁向天空射出水的子彈變成光彈，紛紛從天而落。

……我怎麼了？

今天早上一直在想青磁的事？好像昨天沒有見到他，他的存在感反而增加了。

為什麼會這樣？

我緩緩走在往學校的路上思考著這個問題，但百思不得其解，最後覺得算了，停止思考。

趕快去學校吧。見到青磁後，要告訴他今天天空的事。我這麼想著，走向學校。

但青磁沒有出現在教室。

為什麼？我正感到愕然，收到他的電子郵件。

『因為事情拖延，今天也沒辦法去學校。』

我看著電子郵件，茫然地坐在那裡。

明天是星期六，後天是星期天，星期一是國定假日。

接下來四天都見不到青磁，要到星期二才能見到他。

不知道為什麼，這件事讓我很沮喪，一整天都沒辦法專心上課。我第一次覺得一天的時間這麼漫長。

而且覺得星期二好像永遠都不會到。

★

至今為止最漫長的三天連假終於結束，我帶著急切的心情跳上電車去學校。

連假期間，我一直煩惱要不要傳電子郵件給青磁，但想不到什麼要說的話，或是想問的問題，最後只能對著手機乾瞪眼。

在學校那一站下車，我在書包裡找月票，準備走出驗票口。

「嗨！」

頭頂上方突然傳來一個聲音。

我驚訝地抬頭向後看，發現青磁站在我身後，低頭看著我。

在我看到他身影的剎那，身體深處發出了咚的聲音，好像有人在我內心拍打。

咦？我正感到納悶，沒想到那個聲音繼續咚咚響個不停。

我抬頭看著青磁，愣在原地不動。

「……茜？妳怎麼了？」

他一臉訝異地問我，我發現他臉的位置比我想像中更高，他的胸口在我鼻尖的位置。

咚咚咚。拍打的聲音越來越快。

「……早安。」

我努力擠出這幾個字，然後轉頭看向前方。我舉起月票，經過驗票口，走向出口。

青磁理所當然地跟在我身後。我們去同一所學校，當然要走相同的路。我明知道這件事，卻感到心神不寧。

走出車站的北側出口，發現圓環前到處都是五顏六色的雨傘。

「最近也太常下雨了。」青磁打開單手拿著的雨傘說。

「是啊，上個星期也是……」

我打開水藍色的折傘回答，但說到一半就沒有繼續說下去。我默默邁開步伐，青磁也走在我身旁。

「啊，好冷喔。」

青磁轉動著搭在肩上的雨傘。水滴不時飛過來，打在我的雨傘上，發出滴答的聲音。

「啊，我請假那幾天的筆記借我抄一下。」

他好像突然想到似地說，我微微低著頭，用力點了一下頭。我很想開玩笑對他說：「一頁要一百圓。」但還是沒辦法開口說話。

我穿著樂福鞋，走在被雨淋濕的柏油路上，注視著自己的腳尖，青磁突然開口。

「我覺得……」

我低著頭問：「嗯？」

「我覺得妳今天很安靜，感冒了嗎？」

「沒有。」我低頭回答，想了一下後，找到藉口。「天氣很冷，嘴巴不太想動。」

「是喔，那就好。」

青磁仍然轉動著雨傘回答。

我覺得走去學校的路比平時更長。

「青磁，早安。」

走到一半時，一個穿著雨衣，騎著腳踏車的男生追上來後，放慢速度，慢慢騎在青磁身旁。

我無法繼續忍受我和他兩個人獨處的狀況，暗自鬆了一口氣，但看到青磁轉頭和那個男生說話，覺得有點被冷落。

這時，和他說話的男生看向我，「啊！」了一聲，瞪大眼睛，「不好意思，打擾你們了！」

那個男生說完，再度騎著腳踏車離去。他是別班的男生，我不認識他，他似乎誤以為我和青磁在交往。

照理說，最近已經習慣這種事了，但今天覺得特別難為情。我無法接受自己內心的這種變化，低頭不語。

我和青磁陷入了尷尬的沉默。

我討厭那個男生，突然叫住青磁，然後又一下子離開了。

「好像變禿了。」

青磁突然開口。

我瞥了他一眼，他抬頭看著銀杏樹。

連日的雨，打落銀杏樹上的葉片，看起來光禿禿的，從滿是縫隙的樹梢之間，可以看到陰沉的天空。

青磁像往常一樣抬頭看著天空。

好像只有我覺得尷尬。

「快冬天了。」我在說話的同時，用力拍他的背，青磁眨眨眼睛問：「嗚噢，幹嘛打我？」

他的反應讓我感到滿足，我對他說：「要遲到了，快跑！」拿著雨傘跑了起來。

★

「茜，走嘍。」

放學後，青磁拿著書包，站在我身旁。

他像往常一樣這麼對我說，至今為止，他也不知道曾經這樣叫了我幾次，但我還是「啊？」了一聲，停下動作。

「啊？怎麼了？妳今天有事嗎？」

青磁詫異地問，我搖搖頭說：

「不……並不是……這樣。」

「那妳還在慢吞吞什麼，我不管妳了。」

青磁快步走出教室，我慌忙拿著書包追上去。

我和他保持三步的距離，走在他身後，他再次驚訝地問我：「為什麼離那麼遠？」我回答說：「哪有？」縮短了和他之間的距離。

我微微低著頭，看著走廊角落積的灰塵走路。

我察覺到視線。青磁正看著我。

「……幹嘛？不要一直盯著我。」

我低頭嘀咕道，他發出納悶的聲音。

「因為，妳今天真的超怪。」

「……」

我無言以對。

要怎麼回答，他才不會覺得奇怪？我絞盡腦汁，又不想讓青磁看到我的表情，把頭轉到一旁時，看到了被雨淋濕的窗戶玻璃。

「……下雨。」我脫口說道。

「下雨？」

青磁歪著頭。

「對，下雨。」

我又重複了一次，他有點洩氣地問：「啊？」

我必須說點什麼。我內心越來越焦急，把腦袋中浮現的想法說出口。

「就是那個啊，要怎麼說，下雨的日子，心情不是會有點悶悶的嗎？會覺得有點憂鬱。」

「是嗎？」

「對啊，衣服會被淋濕，襪子和鞋子也都濕透，不是會一整天都不舒服嗎？」

「嗯，雖然是這樣，但只要撐雨傘，穿防水的鞋子不就解決了嗎？」

「我說的不是這種物理性的問題，而是精神上的。天氣很陰沉，濕氣很重，只要一出門，就會淋濕，這種時候，心情不是就很差嗎？」

「是喔。」青磁臉上的表情，好像聽到什麼意外的話。

我並不覺得自己說的話很奇怪，也許與眾不同的青磁聽了感到很驚訝。

青磁應該瞭解雨天有雨天的美，即使在雨天，仍然可以找到很多美好的事物。

我們聊著這些話，在不知不覺中來到美術室。

「嗨！」

「午安。」

我們走進美術室時，同時向其他人打招呼。美術社的成員仍然有各自不同的反應。

青磁像平時一樣去拿繪畫的材料，但沒有像平時一樣走出美術室，而是在窗邊的椅子上坐了下來，於是我也在他旁邊坐下。

「今天不去屋頂嗎？」

「當然啊，這種天氣去屋頂，不是會被淋成落湯雞嗎？」

「對喔，有道理。」

原本以為相隔多日，又可以和青磁一起在屋頂上享受放鬆的時光，所以有點失望。

青磁今天似乎打算畫油畫，拿出畫架，準備了畫布。我把手架在窗框上，托腮看著窗外，眼角掃到了青磁的舉動。

雨點滴滴答答地打在玻璃上。

如果沒有下雨，我們就可以去屋頂上。

我情不自禁嘆了一口氣，自言自語地說：

「啊啊，如果天空放晴就好了。」

青磁瞥了我一眼，聳聳肩說：

「真拿妳沒辦法。」

他說完這句話就站了起來。我怔怔地看著他的背影，發現他慢慢走向前，站在美術社社長里美學姊面前。

「社長。」

正在看書的里美學姊一臉訝異地抬起頭，我第一次看到青磁和里美學姊說話。

「這裡有壓克力嗎？」

青磁突然問道，里美學姊眨著眼睛，闔起了書。

「你是問壓克力顏料嗎？」

「嗯。如果沒有，油漆也可以。」

「有，我記得有壓克力。你跟我來。」

里美學姊站起來，走進準備室。青磁說著「謝謝」，跟著學姊走去準備室。
我完全搞不清楚狀況，只能默默看著他們。
青磁聽了我的自言自語後說『真拿妳沒辦法』，然後站了起來，所以我猜想可能和我有關係，但如果只是去拿顏料，是不是和我沒關係？
但是，他為什麼要壓克力顏料？小學的美勞課時曾經用過壓克力顏料，但感覺在高中美術室畫畫不會用這種顏料，通常不是都用油畫或是水彩顏料嗎？
青磁為什麼突然要壓克力顏料？
我還在思考這個問題，他們就走了出來。
青磁手上抱著似乎裝了顏料的小盒子。
「幾年前的文化祭時曾經用過，搞不好現在已經乾掉了。」
「喔，沒關係，應該有辦法解決，這是水溶性顏料吧？只要加水就行了。」
「嗯，也對。你要用壓克力顏料畫嗎？真難得。」
「因為我想要乾得快，又必須有耐水性。」
我聽著他們的對話，想起了以前在美勞課時學到的知識。
壓克力顏料既可以像水彩顏料一樣，用水稀釋後使用，也可以像油畫顏料一樣，一層一層塗上去，是結合了兩種顏料優點的顏料。而且比油畫顏料更快乾，完全乾透之後，具有不溶於水的高度耐水性。當時我還覺得這種顏料真方便。

「好，那我就來大顯身手一下。」

青磁幹勁十足地挽起袖子，在椅子上坐下，打開顏料盒。我坐在他旁邊打量著，青磁把顏料擠進調色盤時瞥了我一眼。

「喂，我說妳啊。」

「嗯？」

「我想拜託妳一件事。」

我懷疑自己聽錯了，瞪大眼睛「啊？」了一聲。我無法想像青磁竟然有事要拜託我。

「什麼什麼？你要拜託我什麼事？」因為太難得了，我好奇地問。

「我想請妳去圖書室幫我借一本書。」

「書？好啊，什麼書？沒想到你竟然會看書。」

「嗯，隨便什麼書都可以……」青磁想了一下後說：「那就借一本色彩方面的書好了。」
「顏色方面的書？」
「不是有那種介紹顏色種類和名字之類的書嗎？我想美術相關的書架上應該有這種書。」
「嗯，是有啦。」
他好像臨時想到要拜託我的事由，我感到有點不自然，但我很喜歡圖書室，並不覺得是麻煩事。「好。」我答應後起身。
「啊，茜，妳把書包也帶去。」
「啊？我馬上就回來，放在這裡不行嗎？」
「不，妳不用回來了，一個小時後，在鞋櫃的地方見。妳可以在圖書室看喜歡的書打發時間。」
「喔……」
雖然我完全搞不清楚狀況，但沒關係。我帶著書包走去圖書室。

★

我在青磁指定的時間準時來到換鞋子的地方，在鞋櫃之間發現白髮飄動。

他正背對著我，看著門外的天空。

「喔，妳來啦。」

青磁可能聽到了我的腳步聲，猛然轉頭看過來。

「……嗯，讓你久等了。」

這是我們第一次約好時間見面，所以我有點心神不寧。我換好鞋子，微微低頭走向他，他走到屋簷下。

「我借了色彩的書。」

「喔，謝啦，我回家再看。」

他從我手上接過書，放進書包，看著屋簷外的雨雲。

「好，雨還在下。」

他看起來有點興奮。我擔心鞋子會濕掉，有點悶悶不樂。

我重重地嘆氣，抬起了頭。

雨聲籠罩了整個世界。

眼前的操場上有好幾個大水窪，今天足球社和棒球社都沒有練球。

天空很陰沉，帶著淡淡藍色的烏雲籠罩整個天空。玄關前的磁磚積水，積水中的漣漪連續不斷，可見外面的雨下得很大。

唉，看來連襪子都會濕掉。我這麼想著，心情憂鬱地拿出雨傘。

接著——

「啊，妳等一下。」

沒想到青磁制止了我。

我錯愕地轉頭看向他的瞬間。

——雨後的藍天和鮮豔的彩虹出現在眼前。

「啊……」

我說不出話，被眼前的美景吸引了。

「怎麼樣？是不是個好主意。」

青磁得意地笑了起來。

佔據我視野的美麗天空都是他畫出來的。

那是他用壓克力顏料在塑膠雨傘內側畫出來的美麗天空。

「……我、太驚訝了……」

我太驚訝，只能說出這樣的回答。我作夢都沒有想到，會有人在雨傘上畫畫。

「我就知道，我果然是天才。」

青磁歡快地說著，撐著藍天和彩虹的雨傘走進雨中。

「茜，妳也來。」

他向我招手，我也衝進雨中。

然後滑進青磁撐起的傘中。

抬頭一看，灰白色的雲散開，露出一片藍天，陽光從雲間灑下，天空中掛著七色的彩虹。

「……好美。」

傘下是雨後天晴的世界。

「妳任性地說什麼討厭下雨，我只好為妳準備了晴天，妳可要好好謝我。」

青磁很神氣地說。

「嗯，謝謝你。」

我對他露出微笑，青磁瞪大眼睛，嘀咕說：

「……真不習慣。」

我們一起走向校門。

雨打在雨傘上的聲音，鞋尖踢著水窪發出嘩沙嘩沙的聲音，雨傘下是青磁的衣服摩擦的聲音。

當我冷靜下來後，發現我們共撐一把傘，突然害羞起來。

每走一步，肩膀和手臂就會碰到他。

轉頭一看，青磁的臉就在斜上方。

我第一次這麼近距離看他的臉。

不妙。這太害羞了。

我忍不住低下頭，察覺到青磁低頭看著我。

「茜。」

「……幹什麼？」

「妳為什麼低著頭，抬頭看天空，看我畫的天空啊。」

「嗯。」我雖然點點頭，但想到青磁會看我，就無法抬起頭。

我又聽到了有人在我身體內拍打我胸口的聲音。

「喂，聽到沒有？」

青磁終於不耐煩地把手伸過來，抓著我的下巴。

「抬起來。」

他用力抬起我的下巴，青磁的臉就在眼前，我們幾乎快碰到了。他有點長的白髮拂過我的臉頰。

事出突然，我說不出話，青磁笑笑，鬆開手，看著前方邁開步伐。

我好像聽到嘩的一聲。那是我臉上噴出火的聲音。我立刻把因初冬的這場雨變得冰冷的手掌放在臉頰上。

滾燙的臉頰幾乎快融化我凍僵的手指。

這是什麼狀況？我不知所措地在內心大喊。

這是怎麼回事？

按常理來說，應該就是這麼回事。

我向斜上方瞄了一眼，看到他得意地看著自己新作品的輕鬆表情。

我意識到在看到他的瞬間，心跳開始加速。
這果然是……
「……真的是這樣？不會吧？真的嗎？」
我脫口而出。
「啊？妳有說什麼嗎？」
青磁訝異地低頭看著我。
這時，我們的手臂相觸。我的心臟狂跳。
「沒事。」我慌忙搖頭，抬頭看向和青磁相反的方向，注視著他的畫。
我隨口說，真希望天氣放晴，青磁就為我畫了這幅畫。他使用平時從來不用的顏料，沒有畫在平時的畫布或是素描簿上。
他為了我，特地做了特別的事。
他讓我看到了只為我畫的美麗天空。
這件事讓我感到害羞，但也欣喜若狂。
——我喜歡他。
我喜歡青磁。

……似乎是這麼一回事。

我為自己的改變感到驚愕，和青磁一起走去車站。

「喔，雨停了。」

青磁微微斜著雨傘，向天空伸出手。

「……嗯，雨停了。」

我也和他一樣，向天空伸出手。

有雨的味道。有柏油路被雨淋濕的味道，還有帶著雨的空氣中灰塵的味道。

「妳不覺得剛下完雨的街道超美嗎？」

青磁喜不自勝地笑著看向我，我無法直視他的臉，立刻移開視線，注視著他所說的世界。

帶著一抹藍色的灰色雨雲散開，有幾道陽光從雲間灑下，那個部分的雲閃著光，看起來特別白。

被雨淋濕的路面反射著陽光閃閃發亮，水窪映照著露出藍色的美麗天空。透明的雨珠成串地從行道樹深綠色的葉子前端滴落，住宅區的房子也像是被雨洗過之後，得到淨化。

青磁畫的彩虹掛在我的頭頂上方，似乎擁抱了所有的一切。

在青磁身旁看到的世界總是閃閃發亮，美得令人驚豔。

他把掉入暗灰色世界的我拉出來，帶進這個美麗的世界。

青磁改變了我的世界。

雖然雨已經停了，但青磁繼續撐著傘走路。我不發一語，在雨傘的保護下走在路上。

這樣的時間太美，我很希望可以永遠持續下去。

一探究竟

「……怎麼了？我臉上有什麼東西嗎？」

青磁訝異地看著我，我這才發現自己一直凝視著他的側臉。

「……不，沒有啦，只是你剛好進入我的視野……」我慌忙搖頭說。

「是嗎？」青磁回答後，轉頭看向前方，繼續準備顏料。

總算掩飾過去了。我暗自鬆口氣。

和之前一樣，我們只是一起坐在屋頂上，但自從察覺對他的心意之後，我就整天心神不寧、坐立難安。

為了避免青磁察覺，我把圍巾包在口罩外面，縮起肩膀，但眼睛還是不由自主地瞄向青磁。

「怎麼了？妳很冷嗎？」青磁再次歪著腦袋問我。

天氣的確很冷。因為現在已經十二月了。這種季節還跑來屋頂，的確有點不正常。

但是我害怕失去和青磁獨處的時間，所以搖著頭說：「不冷不冷。」因為我很擔心他會說：「如果會冷，那我們就不要再來屋頂了。」

「青磁，你呢？」

「嗯？」

「你不覺得冷嗎？」

「我還好，穿著外套，不覺得冷。」

「是喔。」

太好了。雖然我這麼想，但並沒有說出口。

不時有陣陣冷風吹來，體感溫度頓時下降，露出的手指也凍僵了。

下次要記得帶手套來學校。我在這麼想的同時，眼睛又情不自禁看向身旁。青磁似乎以為我要對他說什麼，帶著納悶的表情看過來。

「……喔，那個……」

我覺得再用剛才的方式掩飾太不自然，於是搜索枯腸，努力尋找話題。

就在這時，又有一陣風吹來，吹起青磁的頭髮。

他一頭白色的頭髮宛如映照天空的顏色。

仔細一看，他那頭被風吹起的頭髮，連露出的髮根都是完美的白色。

「……你的頭髮漂染得很徹底。」

我為自己終於找到話題鬆口氣，這麼對他說。青磁瞪大了眼睛。

「通常髮根不是仍然維持原本的顏色嗎？但你的頭髮漂染得很徹底，我覺得很厲害。」

他聽了我的補充說明，點頭說：

「喔，我沒有漂染，是我原本的頭髮，原本就是這樣。」

「啊？」

他一頭白髮是原本的頭髮？

我起初以為他在開玩笑，但青磁的表情很認真，我知道他在說實話。

「是喔，原來是這樣。」

我只回答了這句話，抬頭看向天空，結束這個話題。青磁也拿起畫筆，像平時一樣開始畫畫。

但是，我仍然忍不住思考青磁頭髮的問題。

我知道有些人天生缺乏色素，頭髮和皮膚都是白色，但青磁應該不是這種情況。雖然和其他男生相比，他的皮膚算白淨，但他皮膚的顏色並不算是缺乏色素，而且他的眉毛和睫毛也都是正常的顏色，只是顏色比較淡而已。

因此我一直以為他的頭髮是漂髮脫色變成白色，聽到他說原本就是這樣，我忍不住感到驚訝。

我無法開口問他理由。

如果我問他，他應該會告訴我，但恐怕不想特地說這種事。

而且無論青磁的頭髮是什麼顏色都不重要，因為青磁就是青磁，這件事不會改變。

我明確地這麼認為，連我自己都感到不可思議。

「啊，對了……」

我突然想到一件事，打開書包，拿出一本書。這是青磁之前要我去圖書館借的書，他看完之後，我也想看，所以就交給我。

那本書有很多照片，我翻著色彩鮮豔的書頁。

在藍天下看書比想像中更心情舒暢。

中間部分有一章是『日本的傳統色彩』，我不經意地翻閱時，不禁停下手，「啊！」地叫了出來。

『青磁色』。

以前從來不知道竟然有這種顏色。我目不轉睛地注視著這種顏色。

那是很有深度的神奇顏色，很難用簡單的一句話形容。好像在水藍色的顏料中加入了少許黃綠色，然後溶入水中，用柔軟的畫筆淡淡地勻開。

我默默凝視著這種顏色，突然有一個影子落在書頁上。抬頭一看，青磁探頭看著書。

「青磁色是不是很棒的顏色？」

他看起來很高興。這個人太單純了，簡直就像發現了寶物的小孩子。

「嗯，很棒的顏色。」

我也點點頭。

「就像是剛湧出的泉水，很清新的感覺，很美的顏色。」

「喔，好有詩意，不愧是文學少女。」

青磁語帶調侃地說，但我是認真的。

青磁色是柔和而寧靜的顏色。

雖然原本覺得和青磁鮮明亮麗的印象不一樣，但下一剎那改變了主意，認為是和青磁很匹配的顏色。

清新而溫柔，就像是青磁的心。

他的外表很自由奔放，舉手投足也與眾不同，所以很引人注意，但其實他是很溫和溫柔、個性沉穩的人。

……我越想越害羞。

到底有多愛青磁啦！我忍不住想吐槽自己。

我沉默不語，青磁從我手上把書搶去。

「妳有沒有看到這個？」

他在我面前翻開的那一頁上，有許多暖色系的明亮色彩。

「啊？什麼？」

「就是這裡啊，妳看看。」

青磁指著名叫『茜色』的顏色。

「啊……茜是顏色的名字？」

雖然是自己的名字，但我完全不知道原來也有同名的顏色，瞪大眼睛看著青磁。

「其實茜原本是植物的名字，那種植物的根在乾燥後，是帶有橘色的紅色，所以有了赤根這個名字，而赤根和茜的發音都是akane。」

「這樣啊……我以前都不知道。」

「雖然那種植物開的花是很淡的黃綠色花，但根是很漂亮的紅色，所以以前就用來作為草木染的原料，稱為茜染。」

青磁口若懸河地向我說明，我目瞪口呆地看著他。

「……你瞭解得真詳細。」

我情不自禁這麼說，青磁露出一絲意外的表情，然後笑著說：「當然啊，因為我以後要當畫家，所以也對染料的事小有研究，是不是很厲害？」

如果他沒有說最後那句話，我原本想要表達一下內心的尊敬，但他自己這麼說，就有點讓人洩氣。

「好啦好啦，很厲害很厲害。」

我故意用很受不了的語氣說，青磁用力摸我的頭說：「沒禮貌！」

他突然摸我的頭，我嚇了一大跳，心臟也差一點從嘴裡跳出來。

「……妳的頭髮好柔軟。」

青磁小聲嘟噥著，手指纏著我的頭髮開始玩。我的心跳快得簡直難以置信，心跳的聲音在身體內產生迴音，幾乎快昏過去了。

「……哪、哪有，正常而已啊。」

我勉強擠出了回答，為了改變話題，低頭看著書說：

「沒想到茜色是這麼鮮豔的顏色。」

「嗯，是啊。」

青磁鬆開了我的頭髮，我鬆了一口氣。

我感受著自己的心跳漸漸平靜，注視著茜色。

那是可以用鮮紅來形容的顏色。

鮮豔亮麗的紅簡直可以穿透雙眼，但帶著淡淡的橘色，有溫暖的感覺。

「雖然顏色很美，但不太像我……」我忍不住小聲說道。

我覺得青磁色完全符合青磁的感覺，但茜色就不太像我，和個性陰沉、毫不起眼的我完全不同。

「沒這回事。」

青磁突然加強語氣說，打斷我的思考。

「真正的妳就是這種顏色，雖然現在假裝是不同的顏色，但其實是更強烈、坦誠的顏色，完全不含糊。」

他突然說什麼？我茫然地注視著青磁。

「真正的妳……」

青磁又重複了一次，但沒有繼續說下去。

「真正的我……什麼意思？」

我不知道他這麼說是針對哪一方面。

我曾經在青磁面前表現過真正的自己嗎？

自從小學發生了那件事之後，我對所有人隱瞞了內心的想法和想說的話，在遇見青磁至今，這種習慣都沒有改變。我和他在一起時雖然很放鬆，但並沒有把內心的一切都曝露在他面前。

我目不轉睛地注視著青磁，試圖解讀他剛才那句話的意思，沉默片刻的他突然開了口。

「我知道。我可以看到真正的妳……看到妳的顏色。」

我說不出話，他輕輕笑了笑。他的笑容帶著一絲難過。

風吹來，吹起了青磁的頭髮，他的頭髮閃著銀色。

我突然想告訴他那件事，於是開口。

「我跟你說，我最近看的一本書上，有這樣一句話。」

「嗯？」

青磁用畫筆沾上藍色顏料的同時，微微歪著頭。

「天亮的時候，看著美麗的朝霞，內心想要見的人，是真心喜歡的人。」

他在藍色顏料中加入少許紅色，兩種顏色立刻混在一起，變成漂亮的紫色。

「是喔……」

青磁只是應了一聲，為白色的素描簿染上了紫色。

青磁正在畫天空，他的畫筆沒有絲毫的遲疑，專心一志地塗上色彩。

雖然他看起來像是隨心所欲地隨便把顏色塗在素描簿上，但那些顏色漸漸有了意義，在不知不覺中變成天空。

那是百看不厭的生動而美麗的天空。

「時間……」青磁專心地畫著，幽幽地說，「並不是永恆……」

他的聲音沒有色彩，很不像是他說的話。

「雖然會覺得這種平靜的時間會永遠持續，永遠不會結束……但其實並不是這樣。不可能有這種事，總有一天會結束。」

他並不是對我說話，只是深有感慨地說出口，好像在確認這件事。

我覺得不該打擾他，所以注視著他的畫筆呈現的美麗天空，等待他的下文。

「茜。」

聽到他叫我，我抬頭看著他。

天空和我映照在青磁那雙玻璃珠般的眼中。

「我們去看朝霞，我知道可以看到超美朝霞的地方。」

「嗯。」我還來不及思考，就脫口回答說：「我想看，我們去看朝霞。」

★

「姊姊，妳在幹什麼？這是便當嗎？」

天還沒亮，我就起床在廚房做三明治，玲奈似乎被我吵醒了，揉著惺忪的睡眼走過來。

「對，是便當。」

她聽了我的回答，頓時雙眼發亮。

「妳要去遠足嗎？玲奈也要去！」

她似乎看到我在做便當，以為我要去遠足或是去玩。我搖搖頭對她說：

「不是去遠足。」

「那要去哪裡？」

聽到她的反問，我腦海中浮現的回答竟然是『約會』。我慌忙在內心刪除這兩個字，把切成一口大小的三明治裝進便當盒。

「只是散步而已。」

我勉強想到了答案。玲奈說：「散步？玲奈也要去！」

「嗯，今天不行，下次再帶妳去。」

「啊？玲奈今天要去！」

「好吧，那明天，我明天帶妳去。」

「玲奈要今天！」

玲奈大聲嚷嚷著，纏著我不放，我有點束手無策，媽媽可能聽到了聲音，一臉沒睡飽的樣子走進客廳。

「玲奈，為什麼一大早就大叫？天還沒亮啊。」

「玲奈要和姊姊一起去散步！」

「沒有啦，今天是……」

我忍不住大聲制止她。媽媽看著我的手邊說：

「啊喲，真難得啊，妳在做便當嗎？」

「……啊，嗯，是啊。我等一下要出門，所以做了早餐……」

唉，真討厭。我原本想偷偷溜出門，不讓家人知道。

「這樣啊……和誰一起去？」媽媽探頭看著我做的便當問。

我正在煩惱該實話實說，還是敷衍搪塞過去，媽媽立刻笑著說：

「問這種問題太掃興了，妳路上要小心。」

我太意外了，愣在那裡，然後回答說：「謝謝……」

媽媽呵呵笑著，帶著玲奈走回臥室。

我一旦出門，就沒辦法幫忙做家事，我原本擔心媽媽會不高興，媽媽欣然送我出門時說的話讓我感動不已，同時忍不住反省自己原本的想法太卑微、太小心眼了。

一看時鐘，發現時間快到了。

我把裝了三明治的便當盒放進托特包，走出廚房。

我叫青磁在門外等，但不要按門鈴。因為家人都還在睡覺，難得的假日，我不想吵醒他們。

我悄悄走到玄關，聽到樓梯上傳來腳步聲。抬頭一看，哥哥一頭凌亂的頭髮正走下樓梯。

「早安，我出門一下。」我向哥哥打招呼。

「喔。」哥哥小聲回應後問我：「妳應該不是一個人吧？」

自從哥哥繭居在家後，他很少主動說第二句話，我有點驚訝。

「不是……和朋友一起。」

雖然我不知道該怎麼說明青磁的身分，但認為『朋友』似乎最恰當，於是就這麼回答。

沒想到哥哥問了更加令我驚訝的問題。

「只有女生嗎？天還沒亮，很危險吧？」

我發現哥哥似乎在擔心我，忍不住目瞪口呆。

「……不，呃，那個朋友、不是女生……應該、沒問題。」

我結結巴巴地回答。雖然我不太想告訴家人，我和男生出去玩，但又不想讓家人擔心，所以還是據實以告。

「……喔，這樣啊，既然這樣，那就沒問題了，妳路上小心。」

哥哥說完，打開客廳的門走進去。

我重重吐了一口氣，穿上鞋子。

我有點高興。因為好久沒有像這樣正常和哥哥聊天了，而且哥哥擔心我這件事，雖然有點難為情，也讓我感到很溫暖。

「我出門了。」

我小聲說著，握住門把。

打開門的時候，稍微想了一下，但還是從口袋裡拿出口罩，掛在耳朵上。

雖然今天不是去學校，而且是和青磁出門，但還是不習慣露臉。

我打開門。

從門縫中看到了昏暗的街道，和仍然殘留著夜色的天空。

初冬的早晨很寧靜。

「嗨！」

青磁站在我家門口。

他雙手插在藏青色大衣口袋裡，可以看到他在大衣內穿了淺灰色的高領毛衣。

「茜，妳早上起得來嗎？」

青磁微笑著問我，他嘴裡吐出的白色氣息飄向空中。

「早安，沒問題啊，我平時就很早起。」

從口罩縫隙漏出來的氣息接觸到空氣後，也變成白色。

我轉頭打算關上玄關的門，哥哥剛好從客廳走出來，走向樓梯時看過來。

我向哥哥輕輕揮手，關上門，用鑰匙鎖好。

青磁邁開步伐，我跟了上去。

我第一次看到他穿便服的樣子，雖然只是大衣搭配牛仔褲的樸素打扮，卻讓我臉紅心跳。

然後開始擔心自己穿的衣服會不會很奇怪，越想越不安。

想到可能會走很多路，我穿了牛仔褲和球鞋，但這種時候，是不是穿裙子比較好？只不過今天很冷，而且穿裙子行動很不方便……我心不在焉地想著這些事，青磁突然停下腳步。

青磁站在坡道的頂端，接下來就是下坡道，可以清楚看到腳下的風景。

「這裡視野很棒。」

我對著青磁看著下方的側臉說。他露出笑容，點點頭說：

「對，很美。」

我和他一樣，注視著眼前這片風景。

清晨寧靜的街道，放眼望去，到處都帶著一抹藍色，充滿夢幻的感覺，簡直不像是現實的世界。

「嗯，真的很美。」

民宅好像還沉浸在夢鄉中，靜靜地相互依偎。鳥兒輕啼，遠方不時傳來汽車的引擎聲。

籠罩著淡藍色城市的天空呈現出藏青色、深紫色、藍色和淡藍色的漸層，地平線附近微微泛白。日出的時間快到了。

「快走，從這裡過去要差不多十分鐘左右。」

青磁說完，再度邁開步伐。雖然他的腳步並不快，但步伐比我大很多，我這才發現他剛才配合了我走路的速度。這件事讓我感到害羞，於是抬頭看著天空。

靠夜晚那一側的天空有兩三顆小星星在眨眼。

靠早晨那一側的天空，懸著淡淡的白色月亮。

每次吐氣，口罩內就很溫暖。青磁的鞋子踩在柏油路面的聲音，和我的腳步聲重疊在一起。

放眼望去，只有我們兩個人，讓我不由產生了世界只為我們兩個人而存在的奇妙感覺。眼前所看到的一切都陷入寧靜的沉睡之中，只有青磁和我吐出的白色呼吸在移動。

走了一段路之後，我們穿越住宅區，來到平坦的道路。我們走在人影稀疏的國道旁，過橋走到河的對岸，然後又沿著堤岸繼續走。

寬敞的堤防兩側沒有高大的建築物，所以天空格外遼闊。筆直的道路一直向遠方延伸，令人陷入眼前的時光會永遠持續的錯覺。

青磁來到兩座大橋中間的位置時，停下腳步。

「我們從這裡下去。」

我們沿著草皮斜坡上狹窄而又簡單的水泥階梯往下走，來到堤岸。

這條河是附近最大的河流，水流很緩慢。

對岸也有相同的堤岸，堤岸上方是散步道。後方的遠處是大規模的工廠區，豎立著許多煙囪，其中有幾根煙囪正在吐白煙。

青磁在斜坡上坐下，我也在他身旁坐下。我很慶幸自己穿了牛仔褲。朝露染濕整齊的草皮，即將進入結霜的季節了。

「這裡視野很棒吧？」

青磁問。我看向河流的方向。

因為有這條大河的關係，附近沒有任何東西擋住視野。

今天的天空有很多雲，很有冬天的味道，但並不是沉重的雨雲，而是棉絮般的雲飄散在整個天空。

天空中的夜色比剛才更淡了，地平線附近的白色漸漸增加。

「快了。」青磁語帶興奮地說。
「嗯。」我點著頭，注視著天空的邊緣，不願錯過每個瞬間的變化。
雲是帶著紫色的藍色，沒有被雲遮住的部分是淡藍色。
不一會兒，地平線發出白色的光，低空的雲被染成黃色。
高空的雲發出淡玫瑰色、藍紫色和橘色的光芒。
所有的顏色都好像在爭奇鬥豔，壯觀的景象讓我屏住呼吸。
視線稍微往下移，平靜的河面反射鮮豔的朝霞，宛如有兩個天空，美得無法用言語形容。
又過了一會兒，整個天空突然發出鮮豔的橘色光芒。
光芒漸漸增加紅色，轉眼之間，整個城市都被染成鮮紅色。
「太陽在即將升起的那一剎那最紅。」
青磁靜靜的聲音是這個世界唯一傳入我耳中的聲響。
「妳看那朵雲，是茜色的雲。」
他指著一朵特別明亮，好像在燃燒的紅色雲說，笑得格外開心。
「聽說那叫茜雲，是不是超美？」

我默默點著頭。

「簡直太美了。」

青磁好像在確認般重複了一次。

天空被紅色支配，下方突然明亮起來，變得十分耀眼，根本無法直視。我瞇起眼睛看向地平線，太陽終於探出腦袋。

世界充滿了白色光芒。

那是剛出生的新鮮陽光。

原本被染成各種不同顏色的雲在剎那間變成白色或黃色，太陽綻放的光芒以放射狀向所有的方向擴散。

神好像會隨時出現在這樣的天空中。

黑夜過去，早晨來臨。太陽升起，新的一天開始。

雖然是很稀鬆平常的事，我卻感到格外新鮮。

我以前從來沒有像這樣看著太陽升起。

我正在見證一天誕生的瞬間。活到今天，我第一次看到了世界的誕生。

新的陽光四散，照亮天空和地上的每個角落。

平靜的河面反射陽光，熠熠生輝。草皮上無數的朝露在陽光的照射下，宛如一顆顆寶石般綻放璀璨光芒。

莊嚴的美景讓我幾乎忘了呼吸、忘了眨眼。

彷彿在誕生的瞬間爆炸般的光芒很快就漸漸收斂，天空恢復了原來的顏色。

高空是藍色，低空是黃色，交集的部分是溫柔的黃綠色。

「青磁色。」我指著天空的正中央說。

青磁輕輕笑了，滿意地點頭說：

「嗯，很美。」

這種柔和清新而又溫柔的顏色很適合照亮剛誕生的世界。

過了一會兒，青磁色也消失了，只有淡淡的白雲和淡藍色的天空呈現在眼前。當太陽離開地平線後，前一刻瞬息萬變的天空終於恢復平靜。

我用力吐了一口氣。

這時我才發現，剛才一直都屏住呼吸。

青磁也用力吐氣，深呼吸後，躺在草皮上。

「啊，美呆了，朝霞簡直太美了……」

青磁好像又想起了剛才的美景，閉上眼睛，面帶微笑地說。

我把手放在身體兩側，仰望著天空。

「我回家之後要畫下來。」

青磁語帶興奮地說著，翻個身，不小心碰到了我的指尖。我緊張地想把手縮回來，但他一下子抓住我的手。

「呃……幹嘛？」

「好冰。」

我驚訝地看著青磁，他皺著眉頭小聲說。

「妳的手好冰。」

「……因為，是冬天……」

但青磁的手很溫暖。

「紅紅的。」

青磁躺在草皮上，握著我的雙手注視著，然後突然抬頭看著我，用雙手捧住我的雙手。

我感受著他的溫暖，這份溫暖也讓我感到高興，但只有短暫的剎那，下一刻，我立刻害羞得無地自容。

青磁的手很柔軟，很溫暖。

他一次又一次緊握我的手，似乎在確認我的手有多冷。

我的心跳變得很大聲，我擔心他會聽到，低頭把手縮回來。

「……現在、不冷了。謝謝你，我們來吃早餐。」

他還沒有說話，我就從托特包內拿出便當盒放在腿上。青磁「喔！」一聲，坐了起來。

「肚子好餓。喔喔，看起來很好吃。」

他在說話的同時，探頭看著我的手。

「如果做得不好吃，就請你包涵一下。」

「啊？這是妳做的？」

「呃，嗯，是啊……」

我只告訴青磁，我會帶早餐來，他似乎沒想到是我自己動手做，雙眼發亮地說：

「喔，好厲害，我來吃吃看，嚐嚐妳的手藝。」

他伸出手，拿起三明治，隨手放進嘴裡。

按照青磁的個性，如果不好吃，他一定會毫不留情地說出來。我緊張地等待著他的評語，他把三明治吞下去之後，露出燦爛的笑容說：

「好吃！」

太好了。我暗自鬆口氣。

我假日時經常在午餐的時候為家人做三明治，我挑選了很受家人好評的食材來做今天的三明治。

早起的努力值得了。我感到很高興，也拿起三明治。

我想了一下，但還是無法拿下口罩，於是稍微拉起來，把三明治塞進縫隙，然後立刻把口罩戴好。我正在咀嚼三明治時，感受到旁邊的視線。

「還不行嗎？」

我知道他在問口罩的事，輕輕點點頭。

「是喔，吃起來很不方便啊。」

青磁雖然這麼說，但似乎並不是很在意，大口咬著三明治。

「大口吃才好吃啊。」

「嗯……」

雖然我也知道，但在外面拿下口罩，還是會感到羞恥和不安。

「算了，既然妳不想拿下來也沒辦法。」

「嗯……」

我也覺得戴著口罩吃東西很不舒服，好吃的東西變得不好吃了，即使這樣，我還是不想把臉露出來。

青磁吃完之後又躺下來，他躺在草皮上仰望著天空。

我抱著膝蓋注視著河面。

寧靜而安穩的時間在流逝。

閉上眼睛，豎起耳朵，可以聽到輕微的水流聲，和人們在甦醒的城市中生活的聲音。那是滿足和幸福的時間。

和青磁在一起的時間很舒服自在，我很希望可以像這樣，永遠和他一起看天空。

我低頭瞥了青磁一眼，發現他舒服地閉著眼睛。

風吹動了他的一頭白髮，在朝陽下閃著銀色的光。

好美。我忍不住想。

不僅是頭髮，他的輪廓、他的皮膚和他的表情都很美。

我目不轉睛地注視著他，發現他的薄唇突然露出笑容。他的長睫毛緩緩抬起，一雙細長的眼睛看著我。

「……幹嘛看著我出了神？」

他語帶調侃地說，我心跳加速，臉漲得通紅。

「哪有？只是剛好瞥到而已。」

「喔？是嗎？但妳的動作靜止不動。」

他似乎假裝閉著眼睛睡覺，其實偷偷睜著眼睛。

「我剛才在想事情……」

我急中生智這麼說，但他似乎知道我在說謊。

「是喔，在想什麼？」

青磁挑起眉毛笑了起來。

我猛然看向前方，用力抱著膝蓋，絞盡腦汁思考著。

我看向河對岸，試圖尋找可以改變眼前尷尬氣氛的話題，看到河對岸有一個老舊的足球球門，我看到球門旁光禿禿的櫻花樹。

「啊，那個球門還在……好懷念啊，還有那棵櫻花樹。」

我忍不住叫出來。青磁「啊？」了一聲，歪著頭看向對岸。

「喔喔……妳是說那個。」

「你知道？」

「是啊。」

我似乎在青磁注視著球門的眼中看到懷念的眼神，我想起第一學期的事。

「青磁，你以前踢過足球嗎？」

我問他，他瞪大眼睛看著我。

「啊？妳知道？」

「不，我並不知道，只是之前上體育課時看到你踢足球，覺得你踢得很好，想說你應該練過，剛才想起這件事。」

「喔喔……原來是這樣。」

青磁恍然大悟地點頭，再度看向球門的方向。

「嗯，我小時候練過一陣子，現在完全沒練。」

「我就知道，我雖然沒踢過足球，但我哥哥以前練過，我曾經去看過幾次練習和比賽，所以看別人踢足球時，稍微懂一點。」

雖然哥哥現在變成這樣，他以前功課很好，運動能力很強，大家都對他刮目相看。讀小學時，每天都去附近的足球俱樂部練足球，我會跟著媽媽去接他，有時候也會去為他們的比賽加油。

「我忘了是什麼時候，有一次在河岸那裡哥哥和其他俱樂部的球隊練習比賽，我有來看比賽。我剛才想起當時就是在那個球門，有一種懷念的感覺。」

我想起年幼的自己大聲為哥哥的球隊加油，忍不住笑了。當時的我和現在完全相反。

我在訴說往事時，青磁都沉默不語。

我平時說話時，他都會附和，所以我納悶地看著他，發現他臉上露出了有點複雜的表情。

「青磁，你怎麼了？」

「沒事……」

他難得說話這麼吞吞吐吐。

「你怎麼了？」

我又問了一次，他不悅地看著我問：

「就這樣而已？」

我被他問得莫名其妙，一臉錯愕，然後反問他：「什麼就這樣而已？」

青磁皺著眉頭，小聲地問：

「妳只記得這些？」

他平時說話總是過度明確，今天怎麼了？

「我只記得這些……」

除此以外，還要我說什麼？

我完全猜不透他想聽到什麼答案，只能結結巴巴地這麼回答。

「是喔。」青磁回答後，輕輕撥撥頭髮，然後冷冷地把頭轉到一旁。

「算了，我們該回去了。」

青磁不等我回答，就猛然站起來。

「啊，這麼快就要走了嗎？等一下。」

我慌忙站起來，青磁順手拿起我的托特包邁開步伐，我追了上去。

「謝謝你幫我拿包包。」

我伸手打算接過來，青磁看著前方，搖搖頭說：「我拿就好。」

他沒有走階梯，從草皮走上斜坡，我也只能跟在他身後。

但是天亮時的草皮上都有露水，球鞋底很容易打滑。

我腳下一滑，身體搖晃，小聲叫了起來，青磁轉過頭，伸手抓住了我的手臂。

我感受到自己的心跳加速，小聲說：「謝謝。」他呵呵笑著說：「傻瓜，真是笨手笨腳。」

青磁的手向下滑，抓住了我的手。他緊緊握住我的指尖，我又像剛才一樣害羞起來。

他牽著我的手走上斜坡。

我們牽著手。這個事實讓我的腦袋一片空白。

但是，握著我的手的青磁毫不在意，哼著歌，輕鬆地走著。我注視著我行我素的他，感到心跳加速的同時，忍不住想——

我們之間的距離很近。

我們一大清早約了見面，一起去看朝霞，一起吃早餐，然後牽著手走路。這絕對不只是異性的朋友而已，而是特別的關係。

但是，我完全不知道青磁怎麼看我們之間的關係。

我喜歡青磁。

無論是他自由奔放的行為、離奇古怪的想法；不受拘束的生活方式、堅定的價值觀；還是那雙像玻璃珠般清澈的雙眼，他的手畫的細膩而優美的畫，所有的一切，對我來說都很新鮮，無法不深受吸引。

即使沒有和青磁見面時，我也一直在想他。我很希望永遠在他身旁，和他一起欣賞他眼中的美麗世界。

但是，青磁怎麼看我呢？

在我最痛苦的時候，他的畫拯救了我。

他帶我去屋頂，帶我看到世界的美好。

他讓我說出了埋藏在內心深處的苦惱。

當我沮喪時，他做水槍給我，告訴我世界如此寬廣。

當我說下雨很憂鬱時，他為我畫了雨後的晴天。

他握住我的手，溫暖我凍僵的手指。

雖然他帶給我很多溫柔，但我不瞭解他的心意。也許只有我對他產生了戀愛的感情。

我快哭出來了，輕輕回握著青磁的手，抬頭看著冬日早上清澈的天空。

無法改變

寒假在轉眼之間就結束了。

整天忙著升學輔導課、幫忙做家事和做寒假作業，不知不覺就迎接了新年，然後馬上就開學了，完全沒有放假的感覺。

但是說句心裡話，以前開學總是令人憂鬱，如今卻充滿期待。期待的原因當然是因為每天都可以見到青磁。

寒假期間，在輔導課結束之後，我也會去美術室，但有時候會遇到他，有時候無法遇到，見不到他的日子，心情格外沮喪。

我什麼時候變成這樣了？

青磁在我身旁變成理所當然，看不到他的臉，聽不到他的聲音，就覺得一天的時間很漫長，連我自己都感到不可思議。

「早啊，妳在發什麼呆啊。」

我坐在自己的課桌前，托腮看著窗外的天空，頭被打了一下。

雖然聽到聲音的瞬間，我就知道是誰，其實在聽到腳步聲時，我就知道了，但還是轉頭確認。

果然不出所料，青磁笑著低頭看著我。

我們已經有一個星期沒見面了。

「我才沒有發呆，我只是在看天空。」

為了掩飾心跳加速，結果說話的語氣這麼不可愛。我討厭無法坦誠的自己。

雖然在別人面前可以繼續扮演善解人意的優等生，但不知道為什麼，對青磁就完全做不到這一點，對他的態度總是和我心目中的理想形象相反。

即使聽到我這麼彆扭的回應，青磁也不以為意地說：「我看妳的心情還沒過完年吧？」然後覺得很好笑似地笑了，我暗自鬆了一口氣。

坐在我前面的高田還沒有來，青磁在高田的座位坐下。

「社團活動從今天開始，妳要來嗎？」

青磁問，我立刻點頭說：

「嗯，我會去。」

「好，那放學後，我要去那裡時叫妳一聲。」

這時，高田走進教室，青磁說聲「那就晚點再聊」，站了起來，走向自己的座位。開學後剛換過座位。

唉，才短短聊了幾句話而已。我這麼想著，目送他的背影離去，有人突然從背後抱住了我。

「好甜蜜啊！」

回頭一看，看到滿面笑容的沙耶香。

「沙耶香，早安。」

「早安！一大早就被你們閃到了，真是太賞心悅目了。」

「哪有，才不是……」

我笑著否認，她笑著用力拍著我的背說：「又來了，又來了，我剛才都聽到了，你們不是約好放學後要約會？」

聽到『約會』這兩個字，我的心臟噗通跳了一下。我感到很害羞，慌忙搖著頭說：

「不是妳想的那樣，只是在說社團活動。」

「是喔？妳又要堅持你們沒有交往嗎？」

以前我並不在意『約會』或是『交往』之類的字眼，但自從意識到對青磁的心意之後，每次聽到別人提起這些字眼，就會忍不住臉紅、緊張。

「我們並沒有交往……」

我小聲嘀咕。沙耶香錯愕地說：

「咦？妳的反應和之前不一樣。」

我嚇了一跳。沙耶香太敏銳了。

我驚慌失措，沙耶香探頭看著我的臉，我更加緊張。

「怎麼了怎麼了？茜，妳果然對青磁……」

我立刻伸手捂住沙耶香的嘴，不讓她繼續說下去。

我知道自己的臉漲得通紅，但戴了口罩，別人應該不會發現。

沙耶香瞪大眼睛，狡黠一笑。

「喔喔，原來是這樣。我懂了，我懂了，原來是這麼一回事。」

她似乎很高興。我羞得用雙手捂住自己的臉。

「茜，那我可以當妳的顧問。」

「啊……」

「我們今天中午一起吃午餐，找一間沒有人的教室，然後來聊這件事！」

老實說，我有點意興闌珊。我不喜歡和別人一起吃飯，而且更不習慣和別人聊自己的事，也從來沒有和朋友分享過自己的煩惱。

但我完全瞭解她是關心我。

以前我向來避免和別人深入交往，總是保持一定的距離，拉起防線，避免別人踏進我的私領域，但這次也許可以主動接近，拉近彼此的距離。

青磁讓我產生了這樣的想法。

「……嗯，謝謝，那就拜託了。」

我面帶微笑回答。沙耶香露出一絲意外的表情，隨即開心地笑了。

★

「啊，這裡沒有人。」

「真的耶，那我們就在這裡。」

午休時間，我和沙耶香一起去找空教室，最後找到了沒有人的地方，然後走進去。

「茜，好難得啊，竟然和妳一起吃便當。」

沙耶香在附近的椅子上坐下後，打開便當袋時說。

「啊？有嗎？」

「當然有啊。妳平時不是都去其他地方吃便當嗎？即使偶爾在教室時，也會一邊溫習功課或是看書，三兩下就吃完了，所以我都不敢約妳。」

平時午休時，我都謊稱要去圖書室借書，離開教室，然後在圖書室前的自由區域吃便當。

原因很簡單，因為我不想被別人看到我戴著口罩吃飯的樣子。

「這樣啊，也對。」我露出掩飾的笑容，和她一樣，拿出便當盒。

沙耶香邀我，我就欣然答應，然後和她一起來這裡，但是只有我們兩個人面對面吃飯的狀況，讓我有點不知所措。

怎麼辦？雖然我內心很著急，但還是戴著口罩，拿起了筷子。

沙耶香大口吃著便當裡的菜，吃得津津有味，然後問我：

「妳說說，妳和青磁現在到底怎麼樣了？」

我當然知道她會和我聊這個話題，於是放下筷子開口：

「大家好像都以為我們在交往，但其實並沒有。」

「是嗎？你們經常在一起，我也以為你們早就交往了。」

「我們的確經常在一起，放學後也是，但我和青磁都從來沒有說過我們來交往之類的話，我們就只是在一起而已。」

我為自己說話的語氣是否透露出內心的不滿感到不安。

「喔……是這樣啊，但你們的關係超好，每次看到你們說話，就覺得進入了兩個人的世界，讓別人不敢輕易靠近。」

這樣啊，原來其他人這麼看我們。我覺得有點害羞。

「茜，那妳的感覺呢？」

沙耶香把小番茄吞下後，把臉湊到我面前。

「什麼感覺？」

「就是妳對青磁，有什麼感覺呢？」

「呃……」

必須有很大的勇氣，才能說出我對青磁的感覺。

我說不出話，她笑著問：

「妳喜歡他？還是討厭他？到底是哪一種？」

我覺得口乾舌燥。

「妳問我是哪一種……當然、不是、討厭。」我結結巴巴地回答。

「所以妳喜歡青磁。」沙耶香呵呵笑著說。

我喜歡青磁。

雖然我曾經在內心想過好幾次，但從來沒有說出口，而且是別人對我說這句話，我頓時心跳加速。

我知道自己的臉都紅了，簡直懷疑臉上噴出火。雖然猜想戴著口罩，沙耶香應該看不出來，沒想到還是被敏銳的她發現了。

「啊哈哈，妳的臉好紅，是不是被我猜對了？」她毫不掩飾臉上的笑容說。

「不……嗯，好啦……差不多是這樣。」

我覺得事到如今再掩飾或是說謊也沒有意義，於是就乖乖承認了。

我的臉很燙，簡直快燒起來了。

「原來是這樣，原來妳對青磁……」

「……」

「嗯，我覺得不錯啊，你們很配。」

「是、嗎?」

嗯嗯。沙耶香點著頭,咀嚼著玉子燒。

我現在沒有心情吃便當,連一口都沒吃。

「話說回來,青磁這個人怪怪的,不太能夠想像他和女生交往這種事。」

「果然是這樣嗎?」聽了沙耶香的感想,我忍不住問道。因為我也有同感。

「茜,妳也這麼覺得嗎?青磁對交女朋友這種事有興趣嗎?他好像完全不會陪女朋友逛街,或是送首飾給女生……感覺他對這種事一竅不通。」

「是啊,因為他是青磁啊。」

我用力點著頭,忍不住佩服沙耶香很瞭解青磁。

青磁和我唯一像是約會的行程,就是在河岸看朝霞。

青磁送我的禮物,就是用自己做的水槍發射從天而降的光雨。

兩者都美得令人難以置信。

這些美景深深烙在我的眼中,一輩子都無法忘記。青磁帶給我許多一輩子的寶物。

想到這裡,我忍不住害羞起來。

「我覺得，」沙耶香突然嚴肅地說：「青磁也喜歡妳。」

我的心跳再度加速。

沙耶香看到我沒有吭氣，又繼續說了下去。

「因為青磁向來只關心他自己。啊，這不是負面的意思。」

「嗯，我知道。」

「該怎麼說，他似乎對自己以外的一切都沒有興趣，好像活在和我們不同的世界。」

「是啊，要怎麼形容？就像外星人？」

「沒錯沒錯。」

我幾個月之前，也這麼認為，覺得完全無法理解青磁在想什麼，好像他一個人活在不同的世界，根本難以理解他這個人。

雖然現在仍然是這樣，但現在有時候和他站在相同的位置，所以比之前更靠近他。

「但現在感覺和以前不太一樣了。」沙耶香微笑著說。

「我覺得青磁對妳的態度很有人情味，他會主動找妳說話，而且他和妳說話時，不會覺得他是和我們不一樣的人。」

沙耶香的話太出乎我意料，我忍不住用力眨眼。

「是……嗎？」

「嗯，我認為是這樣，青磁一定覺得妳很特別。」

雖然我無法相信，但沙耶香的表情格外認真，我知道她說的是真心話。

「只不過搞不懂青磁的想法，猜不透他是不是想和妳交往。」

「嗯。」我輕輕點了點頭，「搞不懂，因為他是怪胎。」

沙耶香聽了我的嘀咕，噗哧一聲笑了，然後很好笑地說：

「他真的超怪，不知道要怎樣和這種充滿神秘感的男生交往。」

沙耶香打開保特瓶蓋子，嘆著氣。

「說到交往，要怎麼說呢？」我自言自語地嘀咕，「其實我不太知道，如果問我想不想和青磁交往，我也搞不太清楚。」

這是我內心的真實想法，但沙耶香驚訝地瞪大眼。

「啊？是這樣嗎？妳不想和他交往嗎？」

「不，也不是不想和他交往……因為我從來沒有交過男朋友，所以不知道是怎樣的感覺。」

「原來是這樣啊，妳沒有交過男朋友嗎？太意外了，感覺妳很有異性緣。」

「不，完全沒有異性緣。而且……以前都忙自己的事，對戀愛完全沒有興趣，從來沒有想過要交男朋友。」

「這樣啊，也是啦，妳讀書很用功，根本沒時間談戀愛。」

我從來沒有喜歡過別人，當然也沒有交過男朋友。

所以我不知道該如何處理對青磁的感情。自己到底想怎麼樣？希望和青磁建立怎樣的關係？明明是我自己的感情，我卻搞不懂。

只知道我喜歡青磁。

見不到青磁時，會覺得很無聊。如果可以，我希望可以一直在他身旁。

「……戀愛的喜歡到底是怎麼回事？和對家人、朋友的喜歡，到底有什麼不一樣？交往到底是怎麼回事……」

我越想越混亂，摸著臉頰嘀咕道。

沙耶香露出錯愕的表情後，好像突然想到什麼，嫣然一笑說：

「簡單地說……」

我納悶地歪著頭「嗯？」了一聲，沙耶香露出不懷好意的笑容。
「就是妳想不想和青磁接吻。」
我愣住了。沙耶香突然說出我完全沒有想到的話，我的思考停止。
「呃……」
接吻？我很想這麼反問，但太害羞了，實在無法說出口。
雖然在書上看到好幾次，在腦海中唸這兩個字時完全不覺得難為情，但想要說出口時，喉嚨好像被掐住，無法發出聲音。
「啊哈哈，茜，妳害羞了。」
聽了沙耶香的調侃，我覺得很丟臉，忍不住反駁說：「我才沒有害羞。」
「妳少騙人了。」沙耶香覺得很好笑，大聲笑了起來，然後突然舉起右手。
我立刻產生不祥的預感。因為她的手向我的臉伸過來。
「還說妳沒有害羞，妳的臉都漲得通紅。」
我察覺到沙耶香想要做什麼。
幾秒鐘前，雖然有點害羞，但仍然有一種飄飄然的感覺，此刻的心情完全凍結。

我不加思索地向後仰。

但是，還是晚了一步。

沙耶香的手抓住了我的口罩，用力往下拉。

噗通。我聽到心臟劇烈跳動的聲音。

劇烈的心跳支配了我的聽覺，我只聽到噗通噗通的心跳聲。我喘不過氣。

我的腦袋一片空白，反射性地撥開沙耶香的手，用力拉起口罩，遮住臉。

用力的呼吸聲聽起來很吵。

「呃……對不起。」

沙耶香大吃一驚，但似乎察覺到我做出這種舉動的理由，縮回手，向我道歉。她並沒有做錯什麼，是我的錯，我不該因為別人想要拿下我的口罩就緊張得陷入混亂。

雖然知道這樣的道理，但我無能為力。

別人勉強我拿下口罩，露出我不想被人看到的臉，會讓我產生難以用言語形容的屈辱感。對我來說，簡直就像突然在大庭廣眾之下被脫光身上的衣服。

我們陷入了沉重的沉默。

氣氛太尷尬了，我把頭轉到一旁，不敢看她的臉，雙手按住口罩的邊緣。

沒有其他人的教室有灰塵的味道，冬日的陽光從窗戶照進來，無力地照在有很多刮痕的地板上。

沙耶香目不轉睛地看著我，我察覺到她開口。

「……茜，妳該不會是口罩——」

依存症？沒辦法拿下口罩？我知道她接下來會這麼問。

一旦她這麼說，我內心的某些東西會崩潰。至今為止所建立的我會崩壞。

「別說了。」

我用嘶啞的聲音大叫著，打斷她。

我希望她不要管我。我希望她當作沒看到。我不想被她知道，我這麼沒出息，竟然會依存這麼幾層薄紙，無法拿下口罩。

但是，沙耶香沒有如我的願。

「妳沒辦法拿下口罩嗎？妳還好嗎？」

她明確說出了我現在最不想聽到的話。

我感到渾身的血液都衝向腦袋，我無法克制自己的臉頰抽搐。

我露出扭曲醜陋的表情瞪著沙耶香說：

「煩死了……不用妳管！」

不要再來煩我。

沒想到沙耶香向我伸出手，我比剛才更無情地推開她的手，對著她大叫：

「不要碰我！！」

啊啊，我竟然這麼說，但是，即使再怎麼後悔，也已經來不及了。

沙耶香啞然失色，我瞥了她一眼，衝出教室。

★

我好難受。我無法呼吸。我胸口好痛。

我撥開人群，低頭走著，整張臉因為痛苦而扭曲著。

午休時間，校園內很吵鬧。教室和走廊上到處都是學生，每個人都無憂無慮地開心笑著，好像沒有任何煩惱。

我不想看到他們。但是無論走到哪裡都是人，我越來越喘不過氣。

我想去一個沒有人的地方，我想去可以稍微讓我輕鬆一點的地方。

我滿腦子想著這件事，當我回過神時，發現已經來到舊館。

我在走廊上跑了起來，衝進美術室。我用力關上門，頓時放鬆全身的力氣。

我背靠著關起來的門，身體慢慢往下滑，癱坐在地上。

我把臉埋進膝蓋，肩膀用力起伏，調整著急促的呼吸，但仍然感到呼吸困難。

我用雙手捂著臉，默默忍耐著，等待起伏的心情平靜下來。

眼睛深處隱隱作痛，喉嚨好像撕裂般疼痛。頭也開始痛，雖然是自己的身體，但很想棄之不顧。

我的眼角發熱，感受到眼淚奪眶而出。

呼。我吐著氣，嘴唇發出了好像嗚咽般的聲音。我討厭自己快哭出來了。

我簡直是個爛人。

我竟然用那種方式對待為我擔心的人，我撥開她的手，用力瞪她，還對她咆哮。我作夢都沒有想到，自己竟然會做出那樣的行為。

不，不對，我本來就是這種人。我本來就完全不顧及別人的心情，只注重自己的感情，傷害別人。我就是這種爛人。

我知道自己是這種人，之前都極力隱瞞。

我已經習慣用口罩掩飾真心，太依賴口罩，離不開口罩，結果沙耶香試圖拿下我的口罩，我就惱羞成怒，傷害她，對她說了很過分的話。

我喘不過氣，想要吸入更多氧氣，張開嘴唇。

嗚呃。張開的嘴發出聲音，結果就一發不可收拾，眼淚撲簌簌地流下，我放聲痛哭起來。

我無法控制自己的感情。

我不想看到別人受傷的臉，卻說了不該說的話。

我根本沒資格哭泣，卻在這裡流淚。

我好像事不關己地聽著自己痛哭的聲音，在美術室的角落持續哭泣。

不知道過了多久。

嗚咽遲遲無法平靜，在嗚咽停頓之際，聽到門外傳來有人沿著走廊走向這裡的腳步聲。

我反射性地捂住嘴，回頭確認門鎖，看到門鎖上了，暗自鬆了一口氣。

我用力咬住嘴唇，避免發出聲音。但是——

「喂，茜。」

門外響起清晰嚴厲的聲音。

「開門。」

他嚴厲地命令道，我更用力屏住呼吸。

「我知道妳在裡面。」

聽到青磁高壓的語氣，我知道瞞不過他，只能放棄抵抗。

我緩緩站起來，打開門鎖。

青磁立刻推開門，探頭進來。

我低頭退後一步，青磁擠了進來。

「我聽說了。」

我的心臟噗通噗通劇烈跳動。

我還來不及問他聽說什麼，他就繼續說道：

「沙耶香向我道歉，說她傷害了妳，然後說妳不知道跑去哪裡了，要我來找妳。」

「……」

「她六神無主，很擔心妳，妳等一下要向她道歉。」

我可以想像沙耶香被我推開手後很受打擊的樣子。

我覺得很對不起她，但是無法克制內心湧起複雜的感情。
她為什麼要告訴青磁？
我最不希望他知道，我不希望青磁看到這麼醜陋、這麼沒出息的我。
我最不希望青磁知道，我是如果沒有口罩，就無法生存的軟弱而醜陋的人，我太差勁，甚至因此傷害朋友。
「……」
我說不出話，把被淚水濕透的口罩拉到眼睛下方。我不希望青磁看到我哭腫的醜陋臉孔。
青磁咂著嘴說：
「我說妳啊……」
他心浮氣躁地在旁邊的椅子上坐下，抱著雙臂，抬頭看著我。
我直覺地知道，他會說不中聽的話。
他總是毫不留情地說正確的話，但這些正確的話往往很殘酷，會深深刺進心裡。但是，如果現在聽到他說這種話，我可能會失控。
於是在他開口之前，我就大叫著：「煩死了！」
「啊啊？」青磁不悅地問。

我無法抬頭。

我盯著自己的腳尖，用力握緊拳頭，繼續說：

「你根本不瞭解！像你這種人，一輩子都不可能瞭解我的心情！所以，你不要管我！！」

「……啊？妳在說什麼啊？」

「青磁，你根本是人生勝利組。你有可以熱衷的事，有才華，有夢想，即使我行我素，大家也都喜歡你，而且長得又好看。」

「……」

「你擁有一切，沒有任何煩惱吧？完全沒有任何不如意的事吧？像你這麼幸福的人，怎麼可能瞭解我這種人的心情？」

青磁帶著可怕的表情聽我說話。

他站在窗戶照進來的陽光中，他的身影俊美得讓人看得入了迷。雖然皺著眉頭，但也清秀端正。我無法克制內心複雜的感情。

我無論外表還是內在都平凡而不起眼，但青磁的外表和內在都與眾不同，出類拔萃。

他才華洋溢，而且得到公認，他的雙眼總是炯炯有神。

他太耀眼了，令我羨慕不已。

如此優秀的他得知了我羞恥的行為，令我感到痛苦。

「……青磁……你、絕對不瞭解。」

我用沙啞的聲音重複了一次。青磁咂著嘴說：

「妳又以為只有自己才是悲劇女主角嗎？」

他毫不掩飾不耐煩的語氣。

我感到胸口發痛。

「自以為只有自己有煩惱，自己很痛苦，自己很不幸，也該適可而止了。妳才根本不瞭解我。」

他這番意想不到的話，讓我忍不住抬起眼。

青磁一臉可怕的表情看著窗外，窗外是冬天迷濛的天空。

「妳根本不知道……我是帶著怎樣的心情看著天空，帶著怎樣的心情畫畫……妳根本不知道。」

我當然知道。八成是因為覺得太美了。

能夠做自己想做的事，能夠畫出自己想要的感覺，可以充分發揮才華，覺得太開心，每天都樂在其中。

只要在一旁觀察，誰都看得出來。

「……我和你不一樣。你一輩子都不可能瞭解我的心情，所以你不要管我！」

我不滿地說完，推開青磁，衝出美術室。

★

我陷入自我厭惡的風暴。

我非常瞭解自己無論對沙耶香還是青磁都很差勁。

我知道自己必須馬上向他們道歉，但最後低著頭上完下午的課，在放學的同時，逃也似地離開教室。

我知道自己的臉很可怕，即使回到家，也不想讓家人看到我的臉，於是第一次戴著口罩走進家門。

我悄悄打開玄關的門，沒想到媽媽立刻從客廳走出來。

「茜，妳回來了。」

「……我回來了。」

「咦，妳怎麼戴著口罩？感冒了嗎？」

「……」

我遲疑了一下，不知道該怎麼回答，媽媽伸手摸著我的額頭，歪著頭說：

「倒是沒有發燒……但氣色不太好。今天不用幫忙做家事了，趕快回房間休息。」

「嗯……」

「等一下我會把藥和粥送去妳房間。」

「不用了，我沒有胃口，不想吃粥，我直接睡覺了。」

媽媽還想說什麼，我轉身走回自己房間，關上門，上鎖，躲在房間內。

我不希望不小心從鏡子中看到自己的臉，即使獨自在房間，仍然戴著口罩，一動不動地縮在床上。

不到一個小時，太陽就下山了，房間內一片漆黑。我沒有開燈，盯著黑暗的空間，抱著膝蓋好幾個小時。

我為什麼會這樣？

我以為遇見青磁，經常和他在一起，嚮往他的自由，受到他的自由影響，自己發生改變，原本以為活得很壓抑的自己可以改變。

但是，我錯了。

我仍然無法拿下口罩，和青磁以外的人相處時，仍然整天察言觀色，整天想著討好對方。

我最終還是完全沒有改變。

我很難過，很痛苦，淚如雨下，我又開始哭。

心情稍微平靜後，我拿起手機，想要向青磁和沙耶香道歉，但轉念一想，覺得應該當面向他們道歉，於是又放下手機。

但這只是藉口而已。

其實我只是不想承認自己錯了，不想曝露自己的短處，只是不願面對問題。

——這時候，我還不知道自己將為沒有立刻採取行動後悔莫及。

遙不可及

隔天早晨。

走出地鐵車站來到地面，刺骨的寒風無情地吹來，冷得我直發抖。我拉起大衣的領子，把圍巾圍好幾圈，縮頭縮腦地快步走向學校。

天空陰沉，路上結霜。駛過的車子吐出白色的廢氣。

雖然冬天的風景有冬天的美，但太冷了，根本無暇好好欣賞。

趕快去學校，然後向青磁和沙耶香道歉。

我充分思考了一整晚，終於認為自己該這麼做。至於口罩的問題，我無法不戴口罩，這也無可奈何，但我的確造成他們的不愉快。

到底該怎麼說？和他們說話時，該表現出怎樣的表情？

我又思考著昨天就想了好幾次的問題，走去學校的路上都在煩惱，不知不覺中，已經踏進了校門。

我在鞋櫃前換上室內鞋，走在冷颼颼的走廊上。

走進教室前，我發現自己因為太緊張，雙腳在發抖，但我激勵自己軟弱的心，打開教室門，走進教室。

「茜！」

沙耶香抬起頭，迫不及待地走過來。

「對不起，昨天……妳還好嗎？」

沙耶香一臉歉意地向我道歉，我快哭出來了。

沙耶香根本不需要道歉。我明知道是我的錯，但我沒有勇氣道歉，沒想到沙耶香已經主動道歉了。

「……嗯，我沒事。我才應該向妳道歉，真的很對不起。」

我無法順利擠出笑容，嘀咕著。沙耶香露出微笑，拍拍我的肩膀。我覺得她好像在鼓勵我，包括口罩的事在內，她都很瞭解，也相信一定有辦法解決。

沙耶香很溫暖，也很溫柔。我竟然覺得她很煩，實在太差勁了。

還要向青磁道歉。

不知道能不能順利向他道歉，但我一定要好好道歉。

我這麼想著，在自己的座位上等待，很快就到了朝會時間。

「咦？青磁呢？他遲到了嗎？」

坐在我旁邊的男生問我，我只能輕輕搖頭。

他似乎誤以為我和青磁在交往，所以認為我知道青磁所有的事。

但是，我完全不瞭解青磁。除了青磁在學校的狀況，和他會畫畫以外，我對他一無所知。他向來不談論自己，我完全不知道他家人的事，以及他平時在家的生活。

青磁沒有來學校上課。

他的座位靠窗邊，一整天都在冬日的綠蔭光雨下安安靜靜。

他感冒了嗎？雖然可能會打擾到他，但我還是傳了電子郵件給他。

然而，傳了電子郵件後，遲遲沒有收到他的回覆。

內心漸漸感到不安和恐懼。

他是睡著了，沒有看手機，還是因為昨天的事生我的氣，不想回覆我？我越想越害怕，不敢再傳郵件給他。

我是不是惹他生氣了？他是不是討厭我？我握著手機的手發抖，但直到晚上，都無法和青磁聯絡。

明天要向他道歉，要當面好好向他道歉。我這麼想著，整晚都沒有睡好，隔天早晨，天還沒亮就起床了，早早去了學校。

但是青磁這天也沒有來學校。

隔天、再隔天，他都沒有來學校。隔了週六、週日，到了隔週的星期一，他仍然沒有來學校。他已經一個星期沒有上學了。

班導師完全不提青磁缺席的事，甚至沒有提他的名字，好像他原本就不存在。這件事也讓我極度不安。

「老師，青磁怎麼了？」

我終於忍不住去向老師打聽。

老師微微睜大了眼睛問：

「他沒有和妳聯絡嗎？你們不是在交往嗎？」

「……沒有，我們只是普通朋友。」

我小聲回答，老師似乎瞭解狀況，點點頭說：「這樣啊。」

「但他是特別的人。」

我發現自己脫口這麼說。老師聽到我突然的說明似乎感到很驚訝，眨了眨眼睛。

「青磁對我來說，是一個特別的人，他對我很重要，所以他這麼久沒有來學校，我很擔心。」

這些話一口氣從我嘴裡衝出來。

「我很擔心，青磁到底怎麼了？如果是他家裡有喪事，老師應該會告訴大家。既然老師沒說，就代表不是喪事。他為什麼請假？應該不是感冒而已吧？」

我太激動了，戴著口罩感到呼吸很困難。

我用力喘息著，老師困惑地說：

「……丹羽，妳先冷靜一下。」

「我不要。」

我用力搖著頭。

「老師，你是不是知道原因？請你告訴我，青磁目前人在哪裡？他在幹什麼？」

我語帶哀求地說，老師為難地皺起眉頭。

「……丹羽，不好意思，因為涉及學生的隱私，所以老師不能告訴妳。」

我感到全身無力。

我只是擔心青磁的狀況，老師竟然說涉及隱私，無法告訴我青磁缺席的理由。

這意味著我和青磁之間只是這樣淡如水的關係。

「對不起，既然他沒有告訴妳，就代表他不希望妳知道，所以老師也不能說。」

「……我知道了。」

老師因為身分的關係，必須遵守規定，不能隨便透露學生的情況，我繼續追問，只會讓老師為難。我垂頭喪氣地轉身準備離開時，老師叫住我。

「丹羽。」

「是……」

「妳變了。」

老師突如其來的話，讓我忍不住停下腳步轉過頭，老師面帶微笑，注視著我。

「……嗯？」

「以前妳不會像現在一樣表達自己的想法，總是在意周圍的人，克制自己的感情。」

我很意外。沒想到老師以前這麼看我。

「看妳的表情，似乎感到很意外。」

「不……」

「老師教過很多學生，看得出來。」

老師笑了起來，似乎覺得很有趣。

「妳在家裡很辛苦，在學校也努力當一個優等生，無論在哪裡，都無法放鬆吧？」

「……」

「但是妳最近經常和深川在一起，和像他那樣自由奔放的同學在一起，妳的心情應該可以稍微放鬆一下，我一直看在眼裡。」

「是。」雖然我這麼回答，但聲音有點沙啞。老師抱著手臂，連續點了好幾次頭。

「深川改變了妳。」

「是。」這一次我明確地回答，然後點頭。老師停頓了一下，又緩緩開口。

「……我沒辦法告訴妳詳細的情況，但深川有和平時不同的一面。」

我知道老師想要表達某些重要的事，我目不轉睛地注視著老師的眼睛。
「他在大家眼中，就像風一樣自由自在，看起來沒有任何煩惱。」
「……是。」
「但是，他的內心有無法簡單用言語表達的苦惱……要怎麼說呢，也可以說是很深的黑暗。」
老師的聲音沉重而嚴肅，以前從來沒有聽過老師用這種聲音說話。我認為這代表青磁的秘密很重大，他的痛苦很深。
「但是，這種苦惱太沉重，他一個人有點扛不住。」
「是……」
「所以，」老師停頓了一下，露出強烈的眼神看著我說：「老師希望妳可以支持他。」
我看著老師說不出話，老師瞇起眼睛，似乎想要緩和緊張的氣氛。
「我只能說這些了，接下來是你們之間的事，那就交給妳了。」
老師語焉不詳，我無法完全理解老師想要表達的意思，但我知道老師認真為我和青磁著想，於是用力點點頭。

「我先回教室了。」我鞠了一躬，準備走出辦公室時，老師又叫住了我。

「妳等一下。其實妳不必把深川請假的事想得太嚴重，現在還不知道結果。」

現在還不知道什麼結果？我努力克制想要追問的心情，只回答說：「好。」

★

那天晚上，我打了青磁的手機。

雖然他一直沒有回覆電子郵件，讓我徹底失去自信，之後沒有再傳電子郵件給他，但我覺得這樣一直不聯絡，獨自為他的健康擔心也沒有意義。

但是我猜想他應該不會接電話。

沒想到鈴聲只響了三次，電話就接通了，電話鈴聲突然斷了，我驚訝不已，忍不住「啊？」了一聲。

『……幹嘛？』

耳邊響起青磁的聲音。

聽到他的聲音，讓我有一種懷念的感覺，我意識到自己的喉嚨在顫抖。

「好……久不見。」

我用沙啞的聲音向他打招呼，他沉默了幾秒後，小聲地回答說：『嗯。』

我立刻發現青磁的態度很奇怪。他的聲音和平時不一樣，說話的語氣也和平時不一樣。

他的態度很冷淡，似乎覺得我打這通電話很煩。

「對不起……你在忙嗎？我晚一點再打給你，你幾點——」

『我並沒有在忙。』青磁打斷我的話說道。

「喔……？」

『茜……』

青磁叫著我的名字，好像要宣布什麼重大的事，我很想立刻掛上電話。

他即將對我說的話，一定是我不想聽的內容。

但是，在我掛上電話之前，在我捂住耳朵之前，青磁冰冷的聲音就鑽進了我的耳朵。

『……我再也不想和妳說話了。』

★

「……茜，妳還好嗎？」

課間休息時，我趴在課桌上一動不動，沙耶香擔心地問我。我微微抬起頭，在口罩內小聲回答說：「我沒事。」然後再度趴下。

沙耶香沒有離開我身旁，站在旁邊看著我。

「妳不舒服嗎？要不要去保健室？」

「不用，我真的沒事。」

「但是……」

就在這時，我察覺到有人從後方經過。

雖然我不想知道，但還是清楚地知道，那是青磁的腳步聲。

「啊，喂，青……」

我知道沙耶香想要叫青磁，立刻用力抓住她的手臂。

「啊？茜，怎麼了？」

「不行，妳不要叫他。」

「呃……但是，我想請青磁帶妳去保健室。」

「不，不行，不要叫他，青磁他……」

我沒有繼續說下去，露出求助的眼神抬頭看著沙耶香。沙耶香似乎察覺原因，收回原本看向青磁的視線。

「……我沒事，謝謝妳的關心。」

說完，我鬆開了手。沙耶香在我前面的座位坐下。

「怎麼了？妳和青磁吵架了嗎？」

「……不，不是這樣。」

「嗯。」

「……我們、結束了。」

我想不到正確的表達方式，只能這麼說。

「我已經和他斷絕關係……不會再像以前一樣在一起了。」

沙耶香說不出話。

青磁連續請假一週後，終於來學校了。

他請假了那麼多天，走進教室時卻一如往常，像平時一樣愛說什麼就說什麼，托腮看著窗外，和交情好的男生打打鬧鬧。

但是，他完全沒有看我一眼。

我原本打算等青磁來學校後，主動和他打招呼，但他冷冰冰的，讓我不敢開口，走過我身旁時完全把我當空氣，好像根本沒看到我。

那天之後，我就無法再靠近他。我很怕主動去找他，被他拒絕。

那天他在電話中說『我再也不想和妳說話』時，我還無法相信，以為他在開玩笑，以為可能只是發生了什麼誤會。

但是，事情似乎並沒有這麼簡單。他徹底避開我，拒絕我。

只要看他的臉，就可以清楚瞭解這一點，可以充分感受到他堅定的意志。

我深刻瞭解到，我和他之間的關係已經無可挽回。

我坐在靠走廊那一排最後的座位，有很多人從我身後走進走出，青磁有時候也會從我後面經過，我每次都期待他可能會對我說話，但每他次都對我視而不見，內心的期待一次又一次落空。

青磁真心想和我斷絕關係。

胸口下方隱隱作痛，我咬著嘴唇低下了頭。

最近沒什麼食慾，都吃不太下。

也許是因為這樣，經常胃痛，很不舒服，但如果我表現出胃痛的樣子，會造成家人和同學不必要的擔心，所以我努力假裝平靜，然而沙耶香還是發現了。

「……我不知道你們發生了什麼，但妳不要給自己太大壓力。」

沙耶香輕輕撫摸我的背，我微微點頭。

「如果需要的話，我可以聽妳訴苦。如果妳想和別人聊一聊，我隨時樂意當聽眾。」

「嗯……謝謝妳。」

我不擅長向別人訴苦，應該不會向沙耶香傾訴心事，但有朋友願意聽我訴苦，就是很大的鼓勵，同時也為我壯膽。

鈴聲響了，老師開始上課。

當我翻開課本看向前方時，看到青磁怔怔地看著窗外。

他目前坐在窗邊最前方的座位，當坐在對角線上的我看向黑板的方向時，他就會進入我的視線。

之前他總是在我伸手可及的地方，如今離我如此遙遠。雖然只有幾公尺的距離，但我和他之間存在著遙不可及的隔閡。

青磁絕對不看我一眼。

無論我再怎麼注視他，他那雙漂亮的玻璃珠眼睛都不會看向我。

我知道是我的錯。我錯了，我未經思考的言行激怒了青磁，他無法原諒我說的那些話。

但是，即使這樣。

我仍然希望他再看我一眼。

希望他可以讓我看他畫畫。

希望可以讓我在他身邊。

我無法掩飾內心的這些願望。

為愛癡狂

就這樣過了一個月，我和青磁完全沒有說過一句話。

雖然好幾次我都想主動找他說話，但他明顯避著我，我甚至無法靠近他。

我鼓起勇氣傳了兩封電子郵件，打了兩通電話給他，但他都不理我。我感受到他有多麼生氣，之後就不敢輕舉妄動。

我不知道該怎麼辦，只有讓時間慢慢過去。

我和青磁在同一個教室內，卻好像生活在不同的世界，彼此完全沒有交集。班上的同學當然都發現我們不再交談，似乎認為我們分手了，什麼都沒問。

我覺得這輩子可能再也無法和青磁說話了，雖然現在痛苦得想吐，但隨著時間的流逝，我對他的感情會慢慢變淡，這種痛苦也會消失，否則我就慘了。

但是，事與願違。

對青磁的感情非但沒有變淡，反而越來越強烈。

在學校時，我隨時都在尋找他的身影。

每次回過神，就發現自己注視著他絕對不可能回頭的背影，或是絕對不會看向我的冷漠側臉。

每天晚上，我的眼前都浮現出他畫筆下的美麗天空入睡。

和青磁之間的距離越來越遠之後，我整天都想著他。
我很痛苦。
我想放棄青磁，卻無法放棄；我想討厭他，卻無法討厭；我想忘記曾經和他共度的那些閃亮的日子，卻無法忘記。就像深深刺進心裡，卻怎麼也拔不出來的刺一樣，每次想到青磁，胸口就開始發痛，無論如何都無法忘記。
有一天——
放學前的班會最後，老師要我和青磁去辦公室。老師為什麼找我們去？我驚訝地抬起了低著的頭，但老師已經走出教室。
「青磁，你到底闖了什麼禍？才會被老師叫去辦公室？」
我看到一個男生把手臂放在青磁的肩上，語帶調侃地問。
「什麼？我根本沒做壞事啊。」
「騙人，如果你沒做壞事，老師怎麼可能找你？」
「我怎麼知道⋯⋯算了，先去看看再說。」
青磁懶洋洋地把手插在口袋裡走出教室，我等他走去走廊後才走出教室，以免在走廊上遇到他。

我看到青磁怕冷地縮著肩膀，走向走廊深處。
我跟在他身後，和他保持一定的距離。
我明明沒有做壞事，但覺得很尷尬，躡手躡腳地走著，以免他聽到我的腳步聲。
不知道青磁有沒有發現我走在後方，他邁著一如往常的步伐，自顧自地走著，不時轉頭看向窗外，注視著冬天淺藍色的天空。
啊啊，這就是青磁。他和之前完全一樣，仍然我行我素，仍然熱愛天空。
想到這裡，整個人被內心湧起的痛苦支配。
青磁和以前一樣，只是我和他之間的距離不一樣了，只是再也無法在他身旁的我也不一樣了。
我跟著青磁的腳步緩緩走著。
來到辦公室門口，青磁打開門，叫著班導師。
「喔，來了啊。」
老師笑著走過來，我站在青磁後方五步左右的位置，看著老師。
「深川、丹羽，不好意思啊。」

「是。」

「老師想請你們去四樓的升學指導室幫我拿東西，可以幫老師這個忙嗎？」

「喔，嗯，好啊。」

「是嗎？太好了。升學指導室前面的桌子上，有我們全班的升學指南，我想請你們兩個人幫我把那些小冊子搬去教室。」

我覺得老師在說「你們兩個人」時加強語氣，忍不住抬起頭，發現老師露出意味深長的笑容看著我。

老師似乎特地安排我和青磁獨處的機會。

老師應該發現我們之間不太對勁，想讓我們有機會重修舊好，但這只是徒勞，因為青磁完全不想和我和好。

「好啊好啊。」

青磁慵懶地回答，緩緩轉過身，沒有看我一眼，就從我身旁走過去。

「丹羽……」

我忍不住低下頭時，聽到老師的叫聲，看向老師，老師帶著為難的微笑看著我。

「拜託妳了。」

我不知道老師指的是升學指南的事，還是上次說的，要我支持青磁的事。雖然從老師的語氣中聽不出是指哪一件事，但如果是後者，我已經無能為力了，因此我沒有回答，只是鞠躬後轉身離開。

我走上樓梯，前往四樓。

其實我很想回教室。青磁應該不想和我一起做事，我也很尷尬。但是既然是全班所有人的小冊子，分量應該相當驚人，一個人搬會很吃力。我無可奈何地走向升學指導室。

門前的桌子上堆放著大量升學指南，必須從中找到我們班的份。

青磁在那堆升學指南中尋找著，我站在不遠處等他找到後再一起搬，但他遲遲沒有找到，我無法交給他一個人找，於是默默走過去。

我站在青磁身旁。

在他的身體稍微移動時，一股香氣飄進我的鼻子，那是像新鮮果實，又有點柑橘味的清爽氣味。那是青磁的味道。

熟悉的味道讓我感到胸口發悶，我曾經比任何人更近距離感受過這種氣味，如今即使站在他身旁，也比任何人更遙遠。

青磁默不作聲，繼續默默尋找，簡直就像我根本不存在。

我產生一種錯覺，以為自己變成透明人。

我心不在焉地看著那堆資料，突然看到老師要我們拿的小冊子藏在後方。

難道老師故意把小冊子放在不容易發現的地方，讓我們必須花時間慢慢找嗎？我覺得應該是這樣。

我移開前面的資料，把我們班的冊子拉過來時，一隻手從旁邊伸過來。我的肩膀抖了一下。青磁修長的手指推開旁邊的資料，挪出空間。

我低著頭，小聲說了聲「謝謝」，把後方的冊子拉了過來。

我從正中央拿起上半部分大約二十本冊子抱在手上，發現很沉重。

我確認青磁抱起另一半後，打算走向教室那棟樓。

這時，青磁的手又從旁邊伸過來，拿走了我手上一半的冊子。

「呃……」

我的心臟劇烈跳動。

「……」

青磁不理會驚訝的我，默默無言邁開步伐，我對著他的背影說：

「……謝謝。」

他還是什麼都沒有回答，但我覺得他的背影看起來沒有這一陣子的冰冷。

青磁走在通往教室那棟樓的連通走廊上，我跟在他身後。

冬天淡淡的陽光從兩側的窗戶照進來，柔和地照亮了青磁瘦瘦高高的身影。

我無法克制自己心跳加速。

青磁，你為什麼對我這麼好？你平時那麼冷淡，為什麼今天這麼體貼？但又為什麼只讓我看你的背影？為什麼完全不看我一眼？為什麼甚至不讓我聽你的聲音？

寒冷空氣隔著窗戶玻璃滲進來，走在連通走廊上都感覺冷得快凍僵了。吐出的氣也都是白色，拿著小冊子的手指冷得好像快斷了。

窗外是一片被灰色的雲籠罩的天空，還有看起來很冷的光禿禿樹枝，以及凍結般一動也不動的校舍。微寒的世界中，一切都靜悄悄，好像時間靜止了。

在我的眼中，只有青磁的身影在這片景色中閃閃發亮。

我真的很喜歡青磁。

即使我惹他生氣，即使他討厭我，即使他對我視而不見，即使他對我很冷淡。

我還是無法自拔地喜歡他。

我注視著他倔強的背影，突然想到。

這會不會是我和青磁和好的最後機會？一旦錯過眼前這個機會，會不會從此再也無法和青磁有任何交集？

想到這裡，我的雙腳不由自主地加快腳步，越來越靠近原本離我很遠的背影。

原來這麼簡單。只要我鼓起勇氣靠近，就可以輕易縮短和他之間的距離。

當我來到可以伸手碰到他的距離時，我張開嘴。

吐出的白氣從口罩的縫隙飄出來。

「青磁……」

我叫了一聲。雖然沙啞的聲音很小聲，而且發著抖，但在沒有其他人的走廊上仍可以聽到。他停下腳步，因此我知道他聽到了。

「青磁。」

他仍然沒有轉過頭，我對著他的後背又叫了一次。

「你轉過來。」

我語帶懇求地說完，聽到他輕輕咂嘴的聲音。

然後，他的銀白色頭髮緩緩移動，我看到他的側臉。

「……對不起。」

雖然我有很多話想對他說，必須說很多，但我的嘴唇只吐出這句話。

「對不起……我傷害了你，對不起。我向你道歉，所以請你原諒我。」

我激勵自己不要低下頭，說出了這些話。

青磁轉頭看著我，露出有點驚訝的表情問：

「……妳為什麼道歉？」

好久沒有聽到青磁對我說話的聲音了。我差一點喜極而泣，差一點渾身顫抖。

但是，稍微冷靜之後，對他的話感到納悶。

「為什麼……你不是因為我那天說的話生氣嗎？所以……」

青磁又轉頭看向前方。

我以為他會掉頭就走，但他仍然站在原地。

我正在想，是不是該繼續說下去，青磁突然小聲地說：

「對啊，妳說得沒錯……我在生妳的氣。」

他一字一句地說，好像在確認，又好像在說服我。

「所以……已經結束了。」

青磁不悅地說完這句話，緩緩邁開步伐。

結束了。這句話好像把我的心揪緊，我想要低下頭。

但是，不行。如果現在放棄，就沒有下一次了。

所以——

「青磁！」

我對著漸漸離去的背影大叫。

我邁開顫抖的雙腳追上去。

「青磁！請你不要說結束這種話，要我道歉幾次都沒問題，我會一直道歉，直到你原諒我，所以……」

我站在他身旁，抬頭看著他冰冷的側臉。青磁看著前方繼續走路，好像什麼都沒聽到。

「青磁，喂，青磁。」

我看到他一頭閃著銀色的頭髮下方，兩道形狀好看的眉毛皺起來。原來他聽到了。我得知這件事，稍微鬆了一口氣。

我知道如果現在不說出我想說的話，之後一定會後悔，所以，即使他覺得很煩，我也必須說出口。

「……我喜歡你。」

我脫口說出了這句話。

我原本並不打算說，但我知道該說的話必須說，於是就說了出來。

青磁挑起眉毛，但他沒有看我。

於是，我又繼續說下去，我希望青磁可以轉頭看我。

「因為喜歡你，所以想和你說話，想和你在一起，想看你畫畫。」

我滿腦子只想著如何才能打動他。

雖然我知道自己說的話很丟臉，但只要能夠將我的心意傳達給青磁，這種事根本不重要。

「你不在我身旁，我每天都很無聊無趣，也很寂寞；聽不到你的聲音，就會覺得很空虛空洞；你對我很冷淡，我難過得好像是世界末日。」

我很難用言語表達對青磁的感情。

對我來說，青磁就像太陽，就像是希望，是所有發出閃亮光芒的一切。我知道世界上有名叫青磁的光，如果沒有他，我的世界就烏雲密布，陷入一片灰色。

「我喜歡你，所以我想和以前一樣和你在一起。」

我竭盡所能表達內心的想法。

但是，青磁無動於衷。

「青磁……」我乞憐般小聲叫著他的名字。

「……關我什麼事。」

他對我說出像冰一樣冷的話。

我呆若木雞，說不出話，注視著青磁。

他完全沒有看我一眼，瞪著半空說：

「妳的心情關我什麼事？」

噗通噗通噗通。心臟劇烈跳動，全身都隨著脈搏收縮，連耳朵都開始痛。

「我不想和妳說話，妳不要再找我說話。」

他的聲音很冷，很冰冷，完全沒有絲毫的感情。

我茫然地站在原地，青磁快步離開，在走廊盡頭轉彎後消失了。

我整個人愣在原地，站在走廊上。

完蛋了。我和他之間真的結束了。

我徹底明白，青磁再也不想接近我。

我們曾經走得那麼近，曾經共度許多時光，曾經擁有只屬於我們兩個人的世界，曾經理所當然地在一起。

那樣的時光再也不會回來了。

沒有青磁的走廊冰冷，冷得我顫抖不已。

★

回到家時，客廳黑漆漆的。

我怔怔地看著空蕩蕩的飯桌，想起今天玲奈的托兒所舉辦活動，媽媽和玲奈很晚才會回來。

我搖搖晃晃走去沙發，整個人癱倒在沙發上躺下來，看著沒有打開的電視機黑色的螢幕。

躺了一會兒後，聽到走下樓梯的腳步聲，但我沒有力氣坐起來。

哥哥走下樓梯後來到客廳，啪地一聲打開燈，立刻驚叫了一聲：「茜，妳已經回來了？至少該把燈打開啊，想嚇死人啊。」

「……嗯……對不起……」

我魂不守舍地回答，腳步聲向我靠近。哥哥訝異地看著我。

「……妳怎麼了？看起來有點悶悶不樂。」

「不，我沒事……啊，我來煮飯。」

我慢慢坐了起來，哥哥制止了我：

「不用了，妳不舒服嗎？那躺著休息就好。」

「呃……但是……」

「我來做晚餐，只是無法做出很厲害的晚餐。」

我想起哥哥拒學之前，有時候會為家人下廚。我準備起身幫忙，但哥哥在廚房的吧檯內叫我「坐著就好」，於是我就乖乖聽話了。

冰箱門打開的聲音、洗蔬菜的聲音和菜刀有節奏地在砧板上切菜的聲音。

我聽著這些悅耳的聲音，抱著抱枕，坐在沙發上發呆，哥哥看了我一眼後叫了一聲：

「茜。」

「……嗯？」

「我決定從高中休學。」

哥哥突然告訴我這件事，我無法馬上理解內容，默默地注視著他。哥哥笑了笑說：

「我打算去補習班，通過高中畢業認定考試後去讀大學。」

「啊……」

「我的拒學和繭居生活結束了，我已經和爸媽談過了，他們也同意我的想法。」

他們什麼時候談妥了這件事？我完全不知道。最近我滿腦子都在想青磁的事，即使回到家裡，也整天都關在自己房間，完全沒有發現這件事。

我茫然地看著哥哥，哥哥繼續切菜，然後幽幽地說：

「……之前很不好意思，讓妳很擔心，也給妳帶來很多困擾。」

「別這麼……」

「真的很對不起，以後我會管好自己，也會幫忙做家事。」

哥哥靦腆地微笑著，我覺得好像回到從前，忍不住感到高興。哥哥終於走出漫長的充電時間。

「嗯……太好了。哥哥，你要加油。」

「好，謝謝妳。」

我和哥哥再度陷入沉默。

我緩緩移動視線，怔怔地看著天花板角落。

恢復安靜後，我又想起青磁。我想起他冰冷的後背，忍不住難過起來，雙手捂住臉。

「在決定了未來的路之後……」哥哥突然開口，「心情就豁然開朗了……然後就開始關心家人，現在我最擔心妳。」

「啊？」我忍不住看向哥哥。

沒想到哥哥問我：「是他嗎？」

我聽不懂哥哥的意思，沒有吭氣，哥哥看著正在切的菜，緩緩對我說：

「妳這一陣子這麼悶悶不樂，是因為他嗎？」

「啊？」

哥哥的問題出乎我的意料，我正在思考該如何回答，哥哥抬起頭，直視著我問：

「他是不是青磁？」

我以為自己的呼吸停止了。

哥哥為什麼知道是青磁？我完全搞不清楚狀況，什麼話都說不出來。

「我忘了他姓什麼……，好像是、深……田？不對，是深川。」

「你……怎麼知道？」

我錯愕地問，沒想到哥哥露出奇怪的表情反問我：

「啊？妳在說什麼啊？」

「啊、啊？」

「我當然比妳更瞭解他啊。」

哥哥到底在說哪一件事？哥哥為什麼會認識青磁？而且哥哥說比我更瞭解他是什麼意思？

我說不出話，哥哥放下正在做的料理，向我走來。

「雖然長大以後沒再見過，但他的長相讓人看了就無法忘記。上次在玄關看到他時，我馬上就認出來了。」

我驚訝得整個人都傻住了，但還是努力思考，終於想起哥哥曾經見過青磁。

就是我和青磁相約去看朝霞的那一天。青磁來接我時等在門外，那天難得早起的哥哥剛好看到青磁。

因為青磁和哥哥都沒有提起，所以我完全沒發現他們竟然認識。

「哥哥，你什麼時候認識青磁的？」

「啊？」

哥哥比剛才更驚訝。

我有多久沒有和哥哥聊這麼多話？我看著哥哥奇怪的神情，突然想到了和眼前的狀況完全無關的事。

哥哥似乎想到了什麼，猛然睜大眼睛說：

「妳……該不會不記得他了？」

「啊？什麼意思？」

哥哥帶著沉思的表情問我：

「我問妳，妳在哪裡認識青磁？」

「哪裡……高中啊，我們在二年級分到同一班。」

「我就知道。」

哥哥抱著頭，然後疲憊地坐在客廳的地上看著我。

「妳和青磁並不是在高中才認識，你們在小學生時就已經認識了。」

我聽不下去了，瞪大眼睛，凝視著哥哥問：

「小學生的時候……但是我和青磁不同學校啊。」

「不是在學校認識，而是在我小學生時參加的足球俱樂部，妳真的不記得了嗎？」

哥哥露出無奈的表情。

「青磁也參加了那個俱樂部，雖然我們年級不同，但他的足球踢得很好，到了我們那一屆時，他就成為正式球員，我們一起參加比賽。」

雖然我難以置信，但仔細思考之後，發現很多事都有了合理的解釋。

上體育課踢足球時，青磁精采的表現引人注目。那天早上我們一起看朝霞，在聊到河對岸的足球場時，他的態度就有點奇怪。

「妳有時候會來看我們練習和比賽，應該見過青磁。」

「是……是啊，如果他和你同隊，我應該見過他好幾次。」

「他什麼都沒說嗎？沒有告訴妳，你們以前曾經見過？」

「沒有，他完全沒說……，可能青磁也不記得了，如果他記得，應該會說……」

「這樣啊……」

哥哥托腮坐在茶几旁，皺著眉頭，目不轉睛地看著天花板和牆壁的交界處。

「妳最近整天鬱鬱寡歡，該不會是因為他生病的關係？」

「啊？」

——生病。

哥哥突然說的話讓我產生好像挨了一拳的衝擊。噗通噗通。心臟發出很大的聲音跳動著。

哥哥似乎從我的反應中察覺什麼，似乎覺得自己失言了。

「原來妳不知道……」

「……這是、怎麼回事？他生了什麼病？」

我擠出顫抖的聲音問，哥哥沒有回答，搖搖頭說：

「對不起，當我沒說。既然他自己沒說，就不該由我來說。」

哥哥說完，站了起來，似乎想要結束談話。我抓住哥哥運動衣的衣襬，不讓他離開。

「哥哥，等一下！告訴我，青磁生病了嗎？」

「……既然他沒有說，我也不能隨便告訴妳。」

「為什麼！我做不到，都已經知道了，怎麼可能當作沒聽到？」

哥哥一臉尷尬，移開視線。我抓著哥哥，苦苦哀求著。

青磁生病是真的嗎？如果他真的生病，我怎麼可以不知道他生了什麼病？

「哥哥，求求你……我不會告訴青磁，我會假裝不知道，請你告訴我。」

「……」

「他到底生了什麼病？是什麼重病嗎？」

我自己說出口之後，全身冷得快凍結了。

會不會是不治之症？如果是這樣……

我的身體忍不住顫抖。我很害怕。害怕得說不出話。

但是，哥哥瞥了我一眼，搖頭。

「不，不是，現在應該已經沒生病了。」

「呃……」

我聽到『現在應該已經沒生病』這句話，頓時全身無力。

我無力地癱坐在地上，哥哥在我面前坐下來。

「他現在有正常到學校上課吧？」

「嗯……」

「那果然已經治好了，太好了。」

哥哥原本緊張的神情放鬆，我鬆了一口氣。

「……我上中學之後，就沒再去俱樂部了，只知道青磁小學時的樣子。」

「嗯……」

「在社團遇到以前俱樂部的隊友時，有時候會聊到以前的隊友，那時候聽說青磁在中學時，曾經因為生病的關係住院半年……」

我的心跳加速，既然住院半年，就代表是很嚴重的病。

我所認識的青磁總是活力充沛，總是閃閃發亮，和生病、住院這種字眼完全相反，我無法立刻相信。

「我一直很擔心他之後的情況，後來，聽到其他人說，他的病好了，已經出院，我鬆了一口氣，但他無法做劇烈運動，就退出了俱樂部，中學時也沒有參加社團，已經不踢足球了，我覺得很可惜。」

哥哥說到這裡，停了一下，輕輕嘆氣後看著我。

「……我完全沒想到，妳竟然和青磁同一所學校……而且你們竟然在交往。」

我用力搖著頭。

「我們沒有交往……但以前關係很好。」

哥哥聽了我的回答，皺著眉頭問：

「為什麼說以前？」

「……因為我們現在都沒有見面，也不再說話了。」

「……為什麼？」

「因為我惹他生氣了……」

哥哥的眉頭皺得更深了。

「妳惹他生氣？」

「嗯……我對他亂發脾氣，說了一些無腦的話，可能因為這樣傷害了他。雖然他並沒有明說……但那次之後，他就不理我了。」

我用憂鬱的聲音告訴哥哥。

「……太奇怪了。」哥哥歪著頭納悶，「該怎麼說，青磁以前心裡想什麼就會直接說出來，只要有什麼不爽，無論對方是誰，都會當面嗆對方。」

「現在也一樣啊，他很自由奔放，有話直說，為所欲為。」

「這樣啊，既然這樣，那就更奇怪了。」

我不知道哥哥想要表達什麼，默默等待他的下文。

「以他的性格，如果妳說的話惹他生氣，他應該會當場說出來，不是嗎？

而且一旦解決，他就不會記仇。他就是這麼乾脆的人。」

「……」

「但是為什麼這次什麼都沒說，然後就不理妳了呢？這根本不像是青磁的作風。」

我覺得哥哥把我之前內心不對勁的感覺說了出來。

沒錯，以青磁的性格，他不會對不高興的事耿耿於懷，也不會生氣那麼久，但這次的態度很不像平時的他。

有問題。不對勁的感覺越來越強烈，內心越來越不安。

我想見青磁。

即使他不理我，即使他對我冷淡，即使他討厭我也沒關係。我想和他見面，當面問清楚。

我猛然站起來。

哥哥瞇起眼睛，抬頭看著我。

「茜。」

聽到哥哥的叫聲，我低頭看著他。哥哥以擔心的眼神看著我。

「妳喜歡青磁嗎？」

我用力點點頭，哥哥也輕輕點頭說：

「這樣啊。雖然他的病可能已經治好了，但喜歡一個生病的人會很辛苦。」

我再度點頭。

「可能比妳想的更辛苦，即使這樣，妳仍然喜歡他嗎？」

我知道自己的嘴角露出了笑容。

「對。」

那還用說嗎？

想要見你

「……午安。」

我的聲音沙啞。

這是我兩個月來，第一次踏進美術室，我想不起以前都露出怎樣的表情推開美術室的門。

「午安。」

正在看書的里美學姊抬頭看過來。

「啊，妳好。」

遠子和之前一樣，露出淡淡的微笑向我打招呼。其他兩個人完全沒有反應。

美術室內的成員之前完全相同，反應也和以前完全相同，讓原本緊張不已的我有點失落。

「……各位好，好久不見。」

我在口罩內小聲說道，里美學姊繼續看著書，用力點點頭。遠子今天一樣坐在窗邊的座位畫油畫。

美術室內和之前完全沒有不同，和以前每天和青磁形影不離的幸福時光完全沒有不同，會陷入一種錯覺，好像只有這裡的時間沒有流動。

請讓我在這裡等青磁。我原本想這麼說，但看著她們各自埋頭做自己的事，覺得說話反而會影響她們，於是就沒有吭氣。

我把書包放在後方角落的桌子上，在椅子上坐下，然後看向青磁平時坐的座位。原本以為來這裡就會遇見他，但他並不在。

雖然我曾經想在教室內找他說話，但青磁始終和我保持距離，不讓我靠近他，所以我根本找不到機會和他說話，所以我決定來美術室找人。因為在美術室，青磁無法和我保持距離，也無法不理我。

我打好了如意算盤，但青磁今天不在美術室。

「妳在等深川嗎？」

突然聽到問話聲，抬頭一看，發現里美學姊看著我。

「對。」

我點頭回答，里美學姊小聲說：

「這樣啊，深川最近都不在這裡畫畫。」

「呃……他在屋頂嗎？」

「天氣這麼冷，怎麼可能？他應該在自己家裡畫。」

我太震驚了，眼前一陣發黑。

原本抱著一線希望，以為即使在教室時無法和他說話，只要來美術室就可以見到他。如果來這裡也找不到他，我到底要去哪裡找青磁？

我帶著絕望的心情怔怔地看著窗外，里美學姊走過來。

「小茜。」

她在我旁邊坐下來。

「是。」

「雖然深川要我不要告訴妳。」

我眨著眼睛，抬頭看著里美學姊，不知道她準備說什麼。

她露出一絲為難的表情，然後下定決心般開口。

「深川的畫已經內定獲得全縣高中美術展的大獎。」

里美學姊說的話完全出乎我的意料，我愣在那裡片刻。

學姊的話慢慢滲進我的內心，我同時感到喜悅和興奮。

「啊……這不是很厲害嗎？」

「對啊，還將成為全縣代表，參加明年度的全國美術展。」

「啊？全國？好厲害，太厲害了！」

「老師也很驚訝，喜出望外地告訴我們這個消息，但他的反應好像就只是『喔，這樣啊』而已。」

我可以輕易想像他的樣子，忍不住笑了。里美學姊也小聲笑了。

「美術展的得獎作品將從明天星期六開始，在縣立美術館展示一個星期。」

「啊……」

從這裡搭電車去縣立美術館要一個小時，那裡經常舉辦各種世界知名畫家作品的展覽，電視上不時會介紹，絕對是本縣最大的美術館。

青磁的畫將在那裡展覽。光是想像一下，就興奮得心跳加速。但是——

「小茜，妳一定要去看一下。」

里美學姊的話一下子消除我興奮的心情。

「……不、呃，我和青磁的關係目前有點僵，我去的話，他可能會討厭我……」

我不想打擾他重要的盛事，不想惹他不高興。

「妳看了之後，應該就知道了，但我真心希望妳去看一下。」

「但是……青磁不是要求妳不要說嗎？他不希望我知道他得獎的事，意味著他並不希望我看到他的畫……」

我很喜歡青磁的畫，當然很想去欣賞一下。

既然他的畫在這麼大的美術館展示，我絕對想去參觀一下。

但是，我不想硬闖他風光的場合，讓他不開心。

「沒錯，他要求我不要說，要我除了美術社的人以外，不要告訴任何人，他的畫作會在美術館展示這件事，尤其要我絕對不要告訴妳。」

「……這樣啊。」

我再度感受到青磁強烈拒絕我，內心痛苦不已。

「但是——」里美學姊用明確的聲音說。

我忍不住抬起頭，和她四目相對。

「我雖然不知道深川對妳的態度，更不知道他對妳說了什麼。」

里美學姊嫣然一笑。

「但我認為那幅畫才是他的真心，那幅畫凝聚了他沒有說出口的感情。」

「……」

「看了那幅畫，似乎可以聽到他內心的吶喊，那幅畫充滿這種神奇的力量。」

里美學姊突然看向窗外。

窗外是一片冬日蒼白的天空。

「……我很希望妳去看看那幅畫，所以即使他叫我不要說，我仍然想告訴妳。」

★

隔天早晨，天還沒亮，我就起床做好準備，然後出發前往縣立美術館，趕上十點的開館時間。

我們家和藝術完全無緣，除了參加學校的活動以外，這是我第一次去美術館。

從平時搭車的車站，要換三次車，才能到縣立美術館。我很擔心自己會迷路，幸好前一天晚上上網確認好幾次，很順利地來到了美術館的那個車站。

走出車站，沿著筆直的路就可以抵達美術館。車道兩側是樹葉落盡的行道樹，和鋪著漂亮磁磚的人行道。因為還是上午的時間，路上沒什麼車子，也幾乎沒有行人。

我縮著肩膀，走在微微結了薄霜的路上。

今天特別冷。

我用圍巾把嘴巴繞了好幾圈，把戴著手套的手插在大衣口袋，兩隻腳仍然忍不住顫抖。

美術館出現在前方。大門兩側的柱子上掛著寫了『全縣高中美術展』的巨大招牌。

我的心跳加速。想到青磁的畫就展示在美術館內，我無法克制自己的心跳加速。

來到美術館前，發現十幾個人正走向入口。他們都是提早來美術館前等待開館的人。

經過裝飾豪華的玄關，來到售票處前排隊。

入口大廳是挑高三層樓的空間，陽光從半圓形的玻璃天花板照進來。

站在大廳正中央，可以看到大廳周圍各個樓層的迴廊。

我買了門票，根據指引走向美術館的展覽室。參觀的人數漸漸增加，周圍差不多有三十個人。

我把門票交給美術展的工作人員，拿回票根走進展覽室。

展覽室設計成狹窄的走廊，兩側展示許多繪畫作品，每幅畫的下方都貼著牌子，上面用大字寫著作品的名字，還有高中、學年和姓名。一看就知道每一幅作品都花費很長時間，同時投入很多心血。

除了風景畫和靜物畫，還有人物畫和動物畫，或是設計畫和抽象畫。有的色彩柔和，有的五彩繽紛，也有的只有黑白雙色。

我以前從來沒有看過美術展，但可以感受到這個空間充滿活力，充滿了許多高中生的夢想和情感。我猜想所有人都為了自己的畫，投入無數的時間和精力。

如果在半年前，我根本不會想到這些事，在持續看青磁畫畫之後，才能夠充分瞭解這一點。

在展覽室參觀的人，有人仔細欣賞每一幅畫，也有人東張西望，好像在找自己朋友的作品。

我緩緩走在其間，注視兩側不計其數的作品。

那一刻突然降臨。

狹窄的走廊結束後，來到一個房間。這個房間兩側的作品陳列得更加寬敞，空間上有很多留白。我大致猜到那應該是前幾名的作品。

我順著地上標示的參觀方向左轉時，視野豁然開闊，眼前頓時充滿了淡桃紅色的光芒。

我屏住呼吸。

眼前是一幅必須抬頭仰望的大幅淡桃紅色畫作。

我注視著這幅畫，完全無法眨眼。

即使不看創作者的名字，看到整塊畫布上的柔和色調，我就知道是青磁的作品。

更令人驚訝的是——

「……呃，是我？」

我忍不住發出了驚訝的聲音。

我出現在充滿美麗光芒和柔和色彩的畫中央。我成為畫中人。

但是，那並不是我。雖然五官是我，但無論表情和整個人散發的感覺，都和真實的我不一樣。

朝霞滿天，天空一片水藍色、淡紫色，和柔和的桃紅色。

無數接近白色的淡粉色櫻花花瓣在天空下隨風飄舞。

一個少女站在美麗的天空和飛舞的花瓣前，彎身注視著我。

那絕對就是我，但那個我沒戴著已經成為我一部分的口罩。

少女在哭泣。

滿是淚水的雙眼在陽光的照射下，宛如星星般閃閃發亮。泛著紅暈的臉頰上有一滴淚水，淚滴反射了美麗的朝霞。

少女明明在流淚，卻滿面笑容。她笑得很爽朗。

我沒有這樣的表情。我做不出這樣的表情。

但是，這幅畫太美了。

雖然這幅畫很奇特，但我的視線無法離開。這幅畫不由分說地揪住我的心。

其他人也都好像被深深吸引，默默站在這幅畫前。這幅畫充滿了如此驚人的力量。

我一動不動，說不出話，面對另一個我，面對著不是我的我。

第一次看到青磁的畫時深受感動，忍不住哭了，但眼前這幅畫太震撼，我整個心好像都麻痺了。

不知道過了多久。

內心的衝擊好不容易平靜，我終於慢慢鎮定下來，舉步走向那幅畫。

近距離觀察時，可以發現層層疊疊的無數油畫顏料細微的凹凸反射著光，我似乎可以從每一筆中感受到畫這幅畫的人的氣息，情不自禁感到高興。

我看著畫下的牌子。

『大獎　色葉高中二年級　深川青磁』

我的視線盯著『青磁』這兩個字。

「青磁。」內心湧起愛憐，我小聲呼喚著他的名字。

下一剎那，我看到作品的名字，覺得時間靜止了。

周圍許多人的腳步聲、竊竊私語聲都消失了，全世界就只剩下寫在那裡的一行字。

『天一亮，就想見到你』。

這就是那幅畫的名字。

時間立刻倒轉，我想起了三個月前。我和青磁分享在小說中看到的一段話。天亮時想要見的那個人，想要一起看朝霞的人，就是真心喜歡的人。

我抬頭看著那幅畫。

我和用柔和的筆觸畫出來的我相互凝視，凝視著雙眼被淚水濕潤，但仍然露出發自內心燦爛笑容的我。

我覺得臉頰涼涼的，才發現自己哭了。

我戴著口罩，發出熾熱的嗚咽。

我想見青磁。我想看青磁的臉，想聽青磁的聲音。

我現在馬上就要見青磁。即使他覺得我很煩，即使他討厭我也沒關係。

最後，我凝視著那幅畫，想要深深地烙進眼中，然後離開美術展的展覽室。

沿著迴廊，走向通往樓下的樓梯。走到一半時，我的雙眼情不自禁看向一樓的大廳。

在挑高的空間底部。

許多人走來走去，也有人停下腳步，或是在聊天。

在那個空間的正中央，有一個身影，集從玻璃天花板照進來的陽光於一身。是青磁。

雖然他背對著我，而且距離很遠，無法看得很清楚，但是我知道那就是青磁。

無論距離再遠，無論被多少人包圍，我都可以看到青磁的身影比任何人更加閃閃發亮。

他正在和兩個西裝筆挺，看起來像是大人物的中年人說話。可能在聊他獲得大獎的事。

我抓著迴廊的欄杆看著下方。注視片刻後，青磁似乎和他們聊完了，轉頭走向我的方向。

他要去展覽室嗎？如果他要去展覽室，我就可以見到他。

離。

我內心充滿期待注視著他，青磁突然抬頭看過來。

雖然我們之間的距離超過十公尺，但我知道我們的視線交會。

青磁驚訝地停下腳步，呆若木雞地抬頭看著我，然後緩緩轉身。

我的心臟發出噗通噗通的心跳聲。

青磁一定打算回家。他打算離開這裡，不想和我見面。他又想從我面前逃離。

我在發現這件事的同時，大聲叫了起來。

「……青磁！！」

我以為自己叫得很大聲，但聲音沙啞，而且發著抖，聲音淹沒在口罩中。

我用力吸氣，然後更大聲地叫著：

「青磁！等一下！」

我猜他聽到了。

我覺得他走向出口時，肩膀微微顫抖一下，但他仍然沒有轉過頭。

參觀者越來越多，我的聲音淹沒在周圍的嘈雜中，很快就聽不到了。

天花板照進來的陽光籠罩、淡化了青磁的身影，他幾乎快消失了。

不行，這樣的聲音無法傳達給他，無法傳入他的心裡，無法讓他停下腳步。

他聽不到這樣的聲音，聽不到我隔著口罩說話的聲音。

我握著欄杆的手指顫抖不已。

我的眼睛深處發熱，視野模糊。

我很害怕。在人來人往的地方露臉，讓我害怕得全身起雞皮疙瘩。

但是——

……如果青磁消失不見，那將更加可怕。

我用因顫抖而有點僵硬的手指把口罩的掛繩從右耳拿了下來。右側臉頰突然接觸到外界的空氣，起了雞皮疙瘩。

我也拿下另一側的掛繩，口罩掉落在地上。

相隔快一年，我第一次拿下口罩。

「……青磁！你不要走！！」

我的聲音失去和外界的隔閡，響徹整個大廳。

青磁驚訝地抬頭看過來。

我知道他瞪大眼睛。

無數視線都集中在我身上。

我覺得整個美術館的人都在看我，所有人都看到了我醜陋的臉。

但是沒關係，只要青磁願意看我，無論被誰看到都無所謂。

我爬上欄杆，很想就這樣跳下去，不讓青磁逃走。

「傻瓜！」就在這個瞬間，我聽到大聲叫喊的聲音。

青磁抬頭看著我，穿越大廳衝上來。

「傻瓜，別做傻事！太危險了！！」

青磁慌張的樣子很好笑，我忍不住呵呵笑了。

「只要你不逃走，我就不會跳。」

「……好。我知道了，妳就乖乖站在那裡。」

青磁無奈地說，沿著樓梯衝上來。我確認之後，跳下欄杆。

我靠在美術展展覽室前的柱子，低頭看著地上，看到我掉落的口罩躺在地上。

我撿了起來，放進口袋。

謝謝這些日子以來的照顧。我在心裡小聲地說。

我知道自己不再需要口罩。

但是，口罩曾經對我很重要，有口罩的保護，我才能夠勉強維持那條將斷的線沒有斷裂。

然而，從今以後，即使沒有口罩也沒問題了。

這是因為……

我閉上眼睛，眼前浮現出青磁的畫。

那幅畫的確畫了我，卻又不是我，但的的確確是我。

真正的我，可以展現這樣的笑容。

我能夠露出發自內心的笑容。

謝謝你讓我想起這件事。我小聲說著，站在原地等他。

我聽到了腳步聲。

在無數的人聲和腳步聲中，只有他的腳步聲直直傳入我耳中。當我睜開眼睛，看向他時，和一臉尷尬的青磁四目相對。

「青磁，好久不見。」

「我說妳啊……」

雖然青磁的聲音很無奈，但只因為他只對我一個人說話，我就差一點喜極而泣。

「妳簡直亂來，我真的以為妳會掉下去，萬一受傷怎麼辦？」

「沒關係，只要能夠讓你回到我身邊。」

「……妳的腦袋有問題嗎？」

青磁嘆著氣，邁開步伐，我追上去。青磁的步伐很緩慢，我知道他並不是想逃離我，鬆了一口氣。

我們繞著迴廊走了半圈，來到美術展相反的地方，青磁走過寫著『瞭望台』的自動門。

走過自動門，來到白色的寬敞階梯，滿滿的陽光從上方傾瀉而下。

青磁走上階梯，他的身影在耀眼的陽光中投下影子。

陽光太刺眼，內心湧起難以用言語形容的感情，我瞇起眼睛，走上樓梯。

走到一半時，看到巨大的窗戶，和窗外無比溫柔的藍色天空。

瞭望台可以從玻璃的圓頂屋頂邊緣看到戶外。

巨大的窗戶佔據整個視野。

「……這裡的視野超棒。」

我趴在窗戶玻璃前，屏住呼吸，注視著天空說道。青磁笑著說：「是不是很厲害？」

「你有什麼好得意的？」

「因為這是我發現，我帶你來這裡的，當然是我很厲害啊。」

他的邏輯還是這麼任性，但這種任性令我懷念不已，眼眶忍不住發熱。

我今天的淚腺有點問題，只要內心稍有起伏，就會熱淚盈眶。

奪眶而出的眼淚順著臉頰滑下來，沒有口罩的阻擋，直接濕了我的下巴。

我察覺到青磁的視線，抬頭看向他，青磁面帶微笑看著我。

「妳終於拿掉口罩了。」

他伸手觸摸我的頭髮。

我緊張不已，整個人僵在那裡。

「妳很了不起。」

他語帶溫柔地說，然後用力摸我的頭，我的頭髮都被他摸亂了。

光是他的這個舉動，就讓我克服恐懼的勇氣有了回報。我欣喜若狂。

嗚嗚。我不小心發出聲音。淚水撲簌簌地流下來。

「傻瓜，為什麼在這種地方哭啊？妳是小鬼嗎？」

青磁覺得很好笑，哈哈笑了。

「要你管！」我擦著眼淚回嘴說。

青磁呵呵笑著，在旁邊的長椅上坐下，騰出左側的空間。

我可以坐在他旁邊嗎？我緊張地在他左側坐了下來。

「話說回來，」青磁將雙臂抱在腦後，仰望著玻璃外的天空，突然開口說道，「我完全沒想到妳會來這裡。」

「……嗯，我聽說你得到了大獎。」

我沒有說出是里美學姊告訴我這個消息。

「……妳看了畫嗎？」

我用力點頭。我不知道該說什麼，小聲把腦海中浮現的想法說出來。

「謝謝你，那幅畫很美，謝謝你。」

「哼哼。」青磁用鼻子噴氣，他似乎感到害羞。

「我問你，那是什麼時候的我？」

我問道。青磁瞪大了眼睛。

「……啊？妳問我什麼時候……」

「是不是我小學的時候？」

青磁目瞪口呆地看著我。

「我上了高中之後，就從來沒有那樣笑過，但我現在知道，那才是我真正的笑容。你曾經看過我不是擠出來的假笑，看過我真正的笑容，在我還是小學生的時候。」

「妳怎麼知道這些……」

青磁驚然無語，我覺得很好笑，於是笑著回答說：

「我哥哥把你的事告訴我了，他說小學生時，你們曾經參加過同一個足球俱樂部，而且說我一定曾經和你見過。」

「真的假的……」

青磁嘆著氣說完，抱住頭。我轉頭一看，發現他從手臂縫隙中露出的耳垂漲得通紅。

「你在害羞什麼？」

「……當然害羞啊，因為我一直記得妳小時候的笑容，而且還畫了出來……」

「是嗎？我很高興啊。」

我說出內心想法，青磁一臉尷尬。

「……好吧，那就好。」

然後，他又重重地嘆了一口氣。

「青磁，」我對著他的側臉叫了一聲，「我不記得小學時的事了，對不起。」

「嗯，我猜到了。」

「所以，可不可以請你告訴我，我們是怎麼認識的？」

愛不自勝

青磁告訴我，我們是在小學三年級時相識，那一次，我跟著媽媽去看哥哥練習。

那時候，我完全不瞭解足球的比賽規則，完全搞不清楚狀況，所以只是看著哥哥在場上跑來跑去。

但是俱樂部的人看到我似乎都感到很稀奇。

青磁也是其中之一。

「那些學長告訴我，妳叫小茜，而且和我同年級，我那時候愛死足球了，對妳根本沒興趣，也沒有好好看妳。」

很像是青磁的作風，我忍不住笑了起來。

「什麼叫對我沒興趣，會不會太過分了？」

「妳當時也是一臉沒興趣的表情啊。」

「呃……也許吧，我起初對足球根本沒有興趣，一心只想著趕快回家。」

「對，就是那種表情。」

那時候，我心裡想什麼，就會表現在臉上，想必真的露出了很無趣的表情。

但是，在去看了幾次練習和比賽後，慢慢瞭解了比賽規則，突然覺得看足球比賽很有趣，每次比賽時都很投入，在一旁大聲聲援，一旦哥哥的球隊輸了，就會懊惱地跺腳。

「起初妳看起來很不感興趣，後來就越來越投入。練習時有人偷懶，妳就會喝倒采，在比賽時叫得比選手更大聲，很引人注目，我覺得妳很吵，所以，一段時間之後，就記住了妳。」

我覺得很丟臉，完全說不出話。我深深體會到以前的自己很多管閒事，真想找個地洞鑽下去。

「有一次，當地的俱樂部球隊聚在一起舉辦友誼賽。」

青磁說到這裡，突然打住。

「嗯，然後呢？」

我催促他繼續說下去，青磁露出了為難的表情，突然把頭轉到一旁說：

「……還是別說這件事。」

「啊？什麼意思？我很好奇啊，而且既然已經說了，就要說清楚啊。」

「沒有啦，不是什麼重要的事。」

「即使這樣也沒有關係，我想聽。」

青磁有點意興闌珊。

「之前都沒有和你說話，所以我想對你說很多話，也想聽你說很多話。」

我目不轉睛地注視著他，他重重地嘆了一口氣，肩膀放鬆，似乎表示投降。

「妳真的不記得了嗎？春天的時候，就在那個河岸舉行足球友誼賽，妳也去看了比賽。」

春天、河岸、足球比賽。聽到這幾個關鍵字，我眼前浮現一片景象——波光粼粼的河面、河岸上的足球球門，還有旁邊盛開的櫻花樹。

「啊……我可能有點想起來了。」

我當時坐在堤防斜坡的草皮上觀看比賽。

「那次的比賽是在當地足球界稱霸的大人物主辦的，之前是J聯盟的成員，也是足球協會的理事，那個大叔超有名，而且也很有權勢。」

「是喔。」

「但是他的兒子是很霸道的問題兒童。」

青磁說的這句話也觸動了我的記憶。一個高頭大馬，眼神很凶的男孩突然浮現在眼前。

「雖然他的球技很好，也很不服輸，我們和他所在的隊伍進行比賽時，因為我們的狀況很好，所以搶先得分了。」

青磁一臉懷念地瞇眼笑了。

「後半場進行到一半時，比分是二比零，那傢伙惱羞成怒，故意伸腿絆倒我們的隊友，或是抓我們的衣服或手臂妨礙我們，最後甚至用身體撞我們。」

「哇……好賤喔，那不是違規嗎？」

「是不是？但是因為他是大人物的兒子，當裁判的大叔、其他隊的領隊和教練都敢怒不敢言，都悶不吭氣。」

在聽青磁說話時，我猜到當時的我做出了怎樣的舉動，我意識到自己的臉紅了。

「結果妳突然衝到球場上。」

青磁噗哧一聲，然後放聲大笑起來。

我滿面羞愧，低下頭。

「果然是這樣……嗯，我想起來了。」

我清楚回想起當時的景象。

當時剛升上小學五年級的我不顧會影響比賽，衝到球場上。我無法原諒在眾目睽睽之下，明目張膽犯規的傢伙，無法克制內心的怒氣。

「當時真是嚇壞了。因為妳突然衝到球場上，衝向那個傢伙，一把抓住他的胸口。」

「我是不是說：『王八蛋，別鬧了，你夠了沒有！』……」

「沒錯，就是這句話！簡直太爽快了。」

青磁捧腹大笑起來，我也覺得很好笑，更覺得很丟臉，跟著笑個不停。

我魯莽地撲向那個傢伙之後，陷入一片混亂。

因為他人高馬大，體重幾乎比我多了一倍，即使我抓住他的胸口，也無法對他構成任何威脅，反而扭住我的手臂問：『這個小鬼想怎樣？』我的手臂被他抓得很痛，我一怒之下，踢向他的小腿，結果更激怒了他，準備動手打我……

「啊！」想到這裡，我忍不住叫了。

當時，我已經做好準備挨打的心理準備，抱住頭，閉上眼睛。

但是，拳頭並沒有落在我身上。

因為在他打我之前，就已經有人衝上去打了他。

我聽到骨頭和骨頭撞擊的衝擊聲，驚訝地睜開了眼睛，看到一個瘦瘦的男生暴跳如雷。

瘦瘦的男生和我同年，即使面對比他高大、身材也比他更壯碩的對方也毫不畏懼，一把揪住對方揮起拳頭，即使對方反撲，他也完全不感到害怕，繼續揍對方。

他狠狠瞪著對方的側臉看起來很好強，但又格外端正英俊。

……原來那就是青磁。

當時來救我的男生就是青磁。

我的心跳突然加速，不知道為什麼，不敢直視身旁的青磁。

青磁完全沒有察覺我的慌亂，繼續說：

「我和那傢伙打起來後，妳也加入混戰，我們扭打成一團，結果那傢伙抓住妳的頭髮，妳就哇哇大哭起來。」

沒錯。

他們打了起來，我看到青磁挨打後無法袖手旁觀，於是再次撲上去，結果那傢伙抓住我綁成麻花辮的頭髮，我因為驚訝和疼痛，哭了起來。

「但是妳一邊哭，一邊還踹那傢伙。我當時真的太驚訝了，覺得妳也太強了。」

那是因為青磁當時保護著我。

青磁一口咬住抓住我頭髮的手臂，結果差一點又被那傢伙打，我在情急之下，很自然地抬腿踢他。

大人這時才發現不對勁，上前來制止，把我們拉開，總算結束混戰。

「……我就是回想起當時的情景，畫了那幅畫。」

青磁幽幽地說。我抬頭一看，發現他白淨的臉上泛起淡淡的紅暈。

「打完架之後，我覺得很不甘心，躺在地上，結果有人拍我的肩膀。」

青磁轉頭看著我，我們的視線交會。

雖然很害羞，但我無法移開視線。

「我一睜開眼，就看到了妳。」

加速的心跳遲遲無法平靜。

「一陣風吹來，櫻花花瓣紛紛飄落，在妳的周圍翩翩飛舞。妳仍然是哭過的表情，淚水在眼眶中打轉，臉頰上有淚水的痕跡。」

「嗯……」

「但是，妳笑了。妳露出滿面笑容對我說：『謝謝你救我。』」

我回想起當時的景象。

一個男生身穿沾有泥土的制服躺在球場正中央，懊惱地咬著嘴唇。

我探頭看著他，想要向他道謝，他的眼睛和現在一樣，清澈得像玻璃珠子，反射著春日的藍天，閃閃發亮。

當時，我忍不住這麼想。

「妳當時的笑容超美。」

青磁靜靜地說，但這也是我想說的話。

我當時想，這個男生的眼睛太漂亮了。

心跳聲越來越大聲，而且臉頰很燙。我猜想我滿臉通紅。沒有戴口罩，無法遮掩，太害羞了。

但是青磁的臉也一樣紅，所以我覺得無所謂。

雖然我這麼想。

「我從那時候，就一直很在意妳。」

聽了青磁這句話，我知道自己臉頰的溫度又上升了。

「但是不久之後，妳就沒有再來看我們練習……」

「嗯，因為發生了那件事，所以我一直很沮喪……」

小學五年級第二學期時，全班女生都不理我，我根本沒有心情去看足球。

「我一直希望可以再見到妳，而且下定決心，下次再見到妳，就要主動和妳說話。」

我太驚訝了，完全沒想到青磁會說這種話，我不知道該露出怎樣的表情。

「但是，好不容易在高中重逢，妳的臉變得超奇怪，我真的超火大。」

他的直言不諱帶走我的害羞，我忍不住笑了。

「什麼叫我的臉變得超奇怪，你會不會說話啊？」

「我是實話實說啊，妳以前笑得那麼開心，現在竟然露出那種好像機器人一樣不自然的假笑跟我說話，太火大了。」

上了高中後，我在櫻花花瓣飄進窗戶的走廊上第一次和他說話。

我向他打招呼，沒想到他竟然一臉不悅對我說：『我討厭妳。』

「我說了好幾次，我討厭妳的笑容，看了很火大，但妳還是沒有改變，我一直很生氣。」

「你才沒有說討厭我的笑容，只說你不喜歡我、討厭我或是很火大，說話也不說清楚。」

「是嗎？通常不用說也知道啊。」

「誰會知道！」

那時候，我真的超討厭青磁。我不禁充滿懷念地回想起當時。

但是，現在——

「因為我之前喜歡妳的笑容，根本不想看到妳的假笑。」

能夠毫不猶豫說這種話的青磁果然異於常人。

「順便告訴妳，我也喜歡妳之前那種無法原諒別人明知故犯，想說什麼就勇於表達，無論對方是誰，都敢正面對決的堅強。」

我覺得好像連續被丟了震撼彈，雙手捂住臉。我的臉頰快燒起來了。

「所以看到妳上了高中之後，想說的話不敢說，什麼都吞進肚子，臉上堆著假笑取悅周圍人，看了就覺得很不爽。」

「……嗯，對不起。」

「妳不要道歉。」

他輕輕摸著我低下的頭。

「我知道妳變成這樣是有原因的，而且妳在美術室和屋頂的時候就和以前一樣，看到妳只有在我面前表現出真實的自己，我就有點高興。」

「既然這樣，」我不加思索地問，「既然這樣，你為什麼……為什麼離開我？」

我忍不住脫口問道。

青磁的手停下來，聽到他倒吸一口氣的聲音，我才猛然回過神，抬起了頭。

「啊，對不起……你不用回答。如果你不想說，那就不用說。」

青磁露出凝望遠方的眼神，注視著窗外的冬日景象。

他輕輕吐了一口氣，浮現有點為難的微笑後開口。

「不，沒關係，我會告訴妳。妳都把妳不想提起的過去告訴我了，我卻瞞著不說，未免太不夠意思……」

青磁帶著一絲無助，用好像有點顫抖的聲音說。

我第一次看到青磁這樣的表情，也第一次聽到他的這種聲音。

「妳或許已經聽妳哥哥說了……我在中學時生病了。」

我不知該怎麼回答，只是輕輕點頭。

「算是滿嚴重的病……」

青磁注視著放在腿上的指尖，好像在確認般娓娓說起來。

雖然我很好奇他的病，但我無法問他。

但是青磁主動告訴我。

「我得了兒童癌症……」

我的肩膀忍不住顫抖，心臟發出可怕的聲音。

癌症。這兩個字未免太沉重。

「癌症有很多種……我的癌症在這裡。」

他指著自己的太陽穴說。

「也就是所謂的腦腫瘤。」

我從哥哥口中得知，青磁曾經生了一場大病，但我一直在想，他到底生了什麼病。腦腫瘤的病名未免太沉重，遠遠超出我的預想。我想起最近的一則新聞，某位藝人在和這種疾病奮鬥多年後離開了人世，然後急忙把這件事拋在腦後。

不會有問題。青磁生病是以前的事，他現在這麼健康有活力。

但是，青磁臉上悶悶不樂的表情讓我在意。

「上了中學之後，我頭痛越來越嚴重，超痛超痛，甚至連飯都吃不下。我爸媽覺得這絕對有問題，於是就帶我去醫院檢查。花了好幾個小時檢查後，醫生要求我住院檢查，那次花了好幾天檢查，最後醫生臉色大變地說，我得了腦腫瘤，要馬上開始治療。」

哈哈。青磁發出乾笑聲。

「我媽差一點哭暈過去，我爸也愣住了，簡直亂成一團。因為這樣，我反而超鎮定……」

青磁說到這裡，突然停下。

「……對不起，剛才這句話是騙人的。」

「啊？」我看著他。

「這只是對別人說的謊言，和其他人聊這件事時，我都會死愛面子地這麼說，但是對妳……我只對妳說實話。」

我默默等待他的下文。

青磁嘆口氣後，小聲地說：

「其實我深受打擊，聽到自己得了腦腫瘤，眼前一片漆黑，意志消沉，很絕望。」

青磁寂寞地一笑。

「然後就正式住院治療，因為腫瘤長在無法動手術的位置，只能接受放射線治療和化學治療，副作用造成的痛苦簡直難以想像……即使至今為止，人生所有的痛苦加起來，也完全比不上，比起癌症本身，我甚至以為自己會因為副作用送命。」

青磁接連說著洩氣的話。

「我承受了那麼大的痛苦，但第一次治療後，腫瘤幾乎沒有縮小。醫生要我休養一段時間之後，再接受第二次治療。當時真的很想死……」

青磁總是自信滿滿，比任何人更加光芒四射，好像太陽一樣，很難想像他會露出這種痛苦的表情。

「我很想大叫，為什麼偏偏是我遇到這種事，每天晚上躺在床上都睡不著，縮成一團，很擔心自己就這樣死了，擔心自己明天早上再也無法醒來。」

我發現自己在不知不覺中用雙手握住了青磁的手。

他驚訝地看著我。

這或許是我第一次主動碰青磁。

但是，我無法不握他的手。雖然不認為自己的手有什麼力量，但看到他好像嚇得發抖的小孩，我情不自禁想要握他的手。

青磁微微皺著眉頭說：

「想到自己可能真的會死……我超害怕，好幾次都嚇得發抖。」

他的聲音沙啞，幾乎快聽不到了。

「也許是因為這個原因，在化療結束之後，長出的新頭髮全都是白色。我想應該是我太害怕的關係……是不是很沒用？」

我覺得他像玻璃珠般的眼睛似乎有點濕潤，但我還來不及確認，他就把頭轉到一旁。

但是他回握了我的手。我內心湧起愛憐，手指更加用力。

「你才不會沒用，任何人都會這麼想，這很正常。」

青磁聽了我的回答，輕輕笑了，然後遮住臉。

「至少，我不希望妳知道……」

啊？我歪著頭感到納悶，青磁為難地笑笑，看著我說：

「不希望妳知道我這麼沒用。我猜想我在妳的心目中，總是對自己充滿自信，很堅強，完全沒有任何煩惱。」

這是青磁離開我之前，我對他說的話。

『你擁有一切，沒有任何煩惱吧？完全沒有任何不如意的事吧？像你這麼幸福的人，怎麼可能瞭解我這種人的心情？』

我竟然對他說了這麼過分、這麼無腦的話。

光是思考青磁受到多大的傷害，就忍不住害怕起來。

「我覺得在妳眼中，我是無所畏懼，很堅強的人……所以我以為如果被妳看到我脆弱、很沒用，妳就會討厭我。」

「怎……怎麼可能呢？我……」

「所以我才逃離妳。」青磁靜靜地說，「我很幸運，第二次化療的效果很好，腫瘤越來越小，半年之後順利出院了，但是有可能復發，必須定期回醫院檢查。」

我恍然大悟，青磁是因為這樣，才不時向學校請假。

「我和妳在美術室發生爭執的隔天，也去醫院做檢查。因為一個月前，我曾經連續好幾天都頭痛，所以去做檢查時其實很擔心。」

我想起那件事之後，他連續多日缺席。

那時候，他因為擔心病情復發而惴惴不安嗎？我當時還傳了一些無聊的電子郵件給他，我真想揍自己一頓。

「結果果然拍到了像是腫瘤的陰影……」

我停止了呼吸。

復發……我不知所措地瞪大眼睛看著青磁。

「妳別露出這種表情。」

青磁噗哧一聲笑了。

「之後住院做了詳細檢查，醫生診斷是良性的腫瘤。」

聽到他這麼說，我鬆口氣，全身幾乎癱軟。

太好了。真的太好了。

「雖然結果還不錯……」

青磁收起了笑容，小聲嘀咕著，我的心跳再度加速。

「但在住院期間，我又像中學時一樣，整天惶惶不安。復發的死亡率很高，我可能完蛋了，這次真的要死了。一想到這些，渾身就忍不住發抖……」

我可以感受到雙手握住的青磁的手漸漸無力。

所以我很用力、很用力地握緊他的手，努力拴住他。

「即使醫生告訴我，並沒有復發，我也無法百分之百感到高興，沒有人能夠保證以後不會復發，搞不好明年就會復發……一想到這裡，就覺得一輩子都要活在生病的陰影中……」

太陽不知道什麼時候已經升到高空，來自頭頂的陽光在青磁的臉上產生了很深的陰影。

「……我討厭這麼不中用的自己，我很害怕妳對我感到幻滅……於是我逃離了妳。」

他注視著前方，靜靜地說道。

我看著他嚴肅的臉，意識到自己的嘴角上揚。

「怎麼可能嘛！」我用和青磁完全相反的開朗聲音說道。

青磁驚訝地轉頭看著我。

「我怎麼可能對你幻滅？」

「嗯？」

「因為我喜歡你啊。」我語氣堅定地說。

為了讓他相信，我不能有絲毫動搖。

「我喜歡你閃亮的樣子，但也喜歡你只有在我面前表現出來的脆弱，讓我覺得自己很特別，所以很高興。」

青磁不知所措。

我雙手捧起他的手，放在自己的額頭上。

「……青磁，你改變了我的世界。在看到你的畫之後，我的世界變得很美麗。你對我說的很多話，讓我重生，開始敢於表達自己的想法。」

如果可以，我想徹底消除青磁所有的不安和恐懼，不讓這些負面情緒繼續侵蝕青磁。

但是，我應該無法做到，所以我對他說：

「青磁，我非常非常喜歡你。」

淚水情不自禁流下，無法停止。

「我真的、真的很喜歡你，我無法想像沒有你的日子。和你分開的這段期間，我很寂寞，很難過，幾乎快發瘋了。我已經離不開你了，所以……」

淚水和話語都湧上心頭，滿溢出來。

我滿腔的愛，內心充滿了愛。

我沒有能力保護心愛的他遠離疾病和對死亡的恐懼。

所以——

「……讓我陪在你身旁。」

他瞪大雙眼，在他像玻璃珠般的雙眼中，看到了淚流滿面，卻露出笑容的我。

「只要這樣就好，我想在你身旁，持續看你的畫，和你隨心所欲地聊天，只要這樣就好。我想和你在一起。」

即使我無法消除他內心極大的恐懼，甚至無法帶走他一小部分的恐懼。

我可以陪伴在他身旁，和他一起承受。

青磁緩緩眨著眼睛，然後用力握住我的手。他張開薄唇，輕輕吐了一口氣。

「……妳真是傻瓜，竟然喜歡我這種人。」

我生氣地用力握他的手。

「什麼叫你這種人？你才不是『這種人』，你是我的一切。」

我很認真地說這句話，青磁卻覺得很好笑，噗哧笑了。

「你的回答呢？我說要和你在一起，你的回答呢？」

「哈哈……」

「你覺得我怎麼樣？」

青磁突然站了起來，抓著我的手邁開步伐。

好懷念的感覺。

我完全被他牽著走，但我可以確信，他會帶我去很美好的地方。

因為青磁總是毫不吝嗇地把自己發現的美好事物呈現在我面前。

「中學我住院治療時，」青磁牽著我的手走下樓梯時開口，「無法再踢自己喜愛的足球，覺得生病甚至奪走了我生命的意義，每天都沒有樂趣，心好像比身體更早就死了……」

經過迴廊，我們回到美術展的展覽室。

「……但是我躺在病床上，不經意地看向窗外時，天空……超美，我深受感動，真的覺得自己的呼吸都快停止了。」

我們穿越很多幅畫，走向那裡。

「我強烈地渴望那片天空，思考如何才能留住那片天空。雖然我試著拍照，但顏色完全不符合期待，於是我又思考該怎麼辦，於是就想到畫畫可以畫出自己實際看到的顏色，我在那時候第一次拿起畫筆。」

我們穿越掛了很多畫的走廊，走進寬敞的展覽室。

「那天之後，我每天都在病床上畫窗外的天空。」

我仍然記得在文化祭時曾經看到他的畫作。

其中有一幅畫感覺很悲傷、很痛苦，那是隔著白色房間內冷冰冰的鋁窗看到的天空。

原來那是他在住院期間看到的天空。

「當時在住院，不可能用油畫的顏料，所以我大部分都畫水彩畫。我媽為我買了顏料送到病房，笑著問我整天畫天空不會膩嗎？但是天空每天都不一樣，根本不可能膩，而且天空總是很美，每次看到天空，我都想畫下來。」

我們走進了最後的展覽室。

青磁的畫佔據了展覽室深處的牆壁，散發出壓倒性的存在感，我在他的畫中被溫柔的光包圍。

「我畫畫是為了得到自己認為美好的事物，和自己想要的事物。」

青磁注視著站在美麗朝霞的天空下，和被櫻花花瓣包圍的我說道。

「……妳應該、能夠瞭解我的意思吧？」

青磁的側臉泛著淡淡的紅暈。

我露出笑容，點點頭說：「我瞭解。」

然後，我注視著畫作下方的牌子說：

「天一亮，就想見到你。」

青磁的手抖了一下。

「……這幅畫的草圖，是在醫生說病情可能復發，然後做了檢查，等待結果的時候畫的。」

青磁用力握住我的手。

「我當時害怕得要死，很擔心萬一復發了怎麼辦，好像獨自被拋棄在黑夜中。」

我也用力回握了他的手。

「當時我就在想……如果檢查結果並不是復發，」青磁露出溫柔的微笑看著我，「等到這個漆黑的夜晚迎接了曙光，茜，我希望馬上見到妳。」

我的心跳加速。

我可以深切感受到青磁融入這幅畫中的感情。

「但後來醫生告訴我並不是復發之後，我就覺得以後還是可能會發生相同的事，自己還在黑夜之中，我覺得沒資格去見妳，無法帶給妳幸福，所以就避著妳。」

他太直言不諱，反而讓我有點害羞，我笑了笑，掩飾內心的害羞。

「什麼意思？所以你超級、無敵喜歡我？」

我半開玩笑地問，沒想到青磁一臉嚴肅的表情回答說：

「是啊，我喜歡妳，從小學五年級開始，就一直喜歡妳。妳看了這幅畫，不就知道了嗎？」

他得意地挺起胸膛說話的樣子太像是他的作風，我終於忍不住放聲笑了起來。

其他參觀的民眾都驚訝地看著我們，我忍不住小聲道歉：「不好意思。」然後拉著青磁的手離開展覽室。

我們走出美術館，走在通往車站的路上。

「茜，」青磁抬頭看著天空，一派輕鬆地說：「雖然妳剛才說，我改變了妳的世界。」

「嗯。」

「其實是妳改變了我的世界。」

我聽不懂他這句話的意思，轉頭看著他。

「那次比賽，看到妳無所畏懼的樣子，我決定要像妳一樣，在生病期間，也常常想起妳，藉此克服病痛。」

我太害羞了，和他一起抬頭看著天空。

「妳來美術室時，我簡直樂不可支，覺得終於有機會接近妳了。妳說喜歡我的畫，看著我畫畫，我真的超高興。」

今天的天氣特別冷，沒想到天空飄起雪花。

雪花就像櫻花的花瓣。

「茜。」

「嗯。」

「我希望妳和我在一起。」

雪花落在臉上，很快就融化了。

「……嗯，我會和你在一起。」

奪眶而出的淚水和雪花一起，濕了我的臉頰。

「好美的天空。」青磁小聲說道。

雖然他經常說這句話，但我知道他現在說這句話，是為了掩飾內心的害羞。這麼一想，內心就湧現愛意。

我用力握緊他的手，覺得好溫暖。

我情不自禁露出微笑，視野突然被擋住了。

然後，嘴唇突然感到溫暖。

「呃！」我叫了一聲，青磁露齒一笑說：

「這是口罩畢業紀念。」

我滿臉錯愕，他的嘴唇再次落在我的嘴唇上。

「恭喜妳畢業了。」

雖然他好像在調侃我，但我可以感受到他滿滿的溫柔，整個人沉浸在幸福之中。

我好喜歡青磁。

牽著的手很溫暖。

我要永遠陪伴在他身旁，不讓夜晚的冰冷凍壞他的手。

《完》

後記

各位讀者好，我是汐見夏衛。

誠摯感謝各位閱讀這本《天一亮，就想見到你》。

本作品是我出版的第二本小說，前一本《如果可以在那個鮮花盛開的山丘上再次遇見妳》出版時，我以為將會是「人生絕無僅有的寶貴回憶」，沒想到很幸運地出版了第二本小說。這一切全拜各位讀者的支持，在此表達衷心感謝。

最近在電視新聞中經常討論的「口罩依存症」，成為我寫這本小說的契機。仔細觀察周圍後，發現有很多人戴口罩，尤其是高中女生，似乎佔了相當大的比例。我自己在感冒多日後，終於不再戴口罩外出時，也會感到有點不自在，或是有點不安。

我查了有關口罩依存症的資料，同時認真思考之後，認為口罩可能被用於「緩和自己和外界直接接觸帶來的衝擊」，是為了避免對方看到自己的真心，同時防止別人的言行對自己的內心造成傷害的心靈防護罩。

在思考這些問題後，因為極端害怕自己說的話會傷害他人，同時也害怕別人說的話會傷害自己而隱藏真心的「茜」這個角色就漸漸成形。

能夠坦誠面對自己真心，拯救「茜」的「青磁」這名少年也同時誕生了。

我在青春期時，為升學和人際關係煩惱時，曾經看了很多小說，小說角色的生活方式，和他們在小說中說的話，曾經一次又一次拯救了我。

我很希望目前對人際關係感到壓力和疲累的莘莘學子可以看這本小說，如果能夠讓你們的心靈稍微放輕鬆，將是我莫大的喜悅。

最後衷心感謝將本作品選為野莓大獎的各位評審，以及參與本作品製作的出版社的各位工作人員，以及不吝給我溫暖支持的各位讀者，和閱讀本作品的各位。謝謝你們。

二〇一七年六月　汐見夏衛